做后人

余耕 著

作家出版社

图书在版编目（CIP）数据

做局人 / 余耕著. -- 北京：作家出版社，2022.4
（2025.3重印）
ISBN 978-7-5212-1785-8

Ⅰ．①做… Ⅱ．①余… Ⅲ．①长篇小说－中国－当代
Ⅳ．①I247.5

中国版本图书馆CIP数据核字（2022）第011680号

做局人

作　　者：余　耕
责任编辑：宋辰辰
装帧设计：意匠文化·丁奔亮
内封书名题字：黄仿石
出版发行：作家出版社有限公司
社　　址：北京农展馆南里10号　　邮　　编：100125
电话传真：86-10-65067186（发行中心及邮购部）
　　　　　86-10-65004079（总编室）
E-mail:zuojia@zuojia.net.cn
http://www.zuojiachubanshe.com
印　　刷：北京盛通印刷股份有限公司
成品尺寸：142×210
字　　数：160千
印　　张：10.875
版　　次：2022年4月第1版
印　　次：2025年3月第7次印刷
ISBN 978-7-5212-1785-8
定　　价：49.00元

在我欺骗了整个世界之后

才发现

世界也欺骗了我

作者简介

余耕，中国作家协会会员。早年从事专业篮球训练，后转入新闻界，在北京做记者十余年。自不惑之年开始职业写作，先后创作小说《古鼎》《如果没有明天》《我是夏始之》《我是余未来》，等等。长篇小说《金枝玉叶》在掌阅付费读者评分高达9.2分；中篇小说《我是夏始之》获得第十九届百花文学奖；都市荒诞喜剧小说《如果没有明天》获第十七届百花文学奖，根据该小说改编的话剧《我是余欢水》在全国各地上演近四百场，改编成网剧《我是余欢水》成为现象级短剧，引发社会广泛热议。

楔 子

十五年前，我考进北京一所野鸡大学，读了四年金融专业。

那个时候，我希望将来成为一个衣着光鲜的金融人。甚至梦想着有一天会走进华尔街，化作一头嗅觉灵敏的金融之狼，搅动世界上每一个经济旋涡。每天，我端坐在玻璃幕墙后的恒温大厦里，一手拿着数据报表，一手端着咖啡。啜一口苏门答腊的曼特宁咖啡，苦甘过后的浓郁醇香弥漫整个口腔的瞬间，在灵感加嗅觉的共同作用下，我在电脑键盘上输入一串数字，然后敲一下回车键，便能迎来上司的赏识。身材高挑的金发美女助理款款走向我，拿着只有公司高层才有权阅览的文件让我签字。引导我签字的时候，金发美女会把她C罩杯的胸部贴放到我的胳膊上。我胳膊上的皮肤透过衬衣和西装，瞬间感受到属于青春的弹性，还有她极富弹性的青春。从周一到周五，我要更换五款质地不同的深色西装、白色衬衣、色彩由深至浅的真丝领带和镶钻的名牌袖扣……

可当我走出北京那所野鸡大学的校门时，才发现，跟我竞争的都是中央财经这类大学毕业的学生。这些眼界更高的家伙们，他们的目标是成为巴菲特和索罗斯。在通往巴菲特和索罗斯的路上，他们连一个银行柜员的职位都没有给我留下。

我几乎转遍了亦庄所有大型超市，试穿了超市里所有西装，终于在家乐福打折处理区里找到一身还算合体的西装。接下来，我穿上人生第一套打折处理西装，拎着一百份简历，乘坐地铁奔走在京城各个招聘会上。在每个招聘会会场门口，我都会脱下西装，双手高举着西装迎风挥舞一会儿。这不是任何祈祷仪式，只是要把西装上的汗水尽快挥发晾干。在那个招聘会场，我把最后一份简历投给一家网络公司的专职财会。网络公司负责招聘的是一个刀削脸的瘦姑娘，瘦姑娘收下我的简历后，指着我的西装小声说，你西装上出汗的盐粒子洇出来了，去洗手间蘸着水擦掉。

我的简历投放范围，从投行、证券、银行，一直到影视公司的会计，我没有理由错过任何一个工作机会。一百份简历投出去之后，自始至终没有人给我打过电话。就在我绝望的时刻，城商银行打进来电话，问我愿不愿意应聘银行柜员。那一刻，我把先前读过的"应聘技巧"全都忘了，对着电话连说三个"我愿意"。

城商银行办公楼的行政大堂高挑宽敞，玻璃水晶灯瀑布一般倾泻而下，这让人不由得对金钱产生敬畏之心。负责招聘的高先生，似乎对我很是满意，谈了不到十分钟便接过我手中的资料原件。高先生翻看着我的毕业证，差点惊呼出来，说怎么是中人财经大学，他说他在我递交的简历里面看成中央财经大学。我的心当时就凉了半截，我为自己的野鸡母校辩白道，你们银行营业部大厅里展示的服务对象也包括中人财经大学。

高先生傲娇地微笑着，说道："我们只为中人财经这类学校的钱服务，但是，我们不想接受中人财经这类学校的毕业生为银行服务。"

坐在银行外的台阶上，我的眉头和我空空如也的肠胃，分别拧成麻花。北京夏日的阳光炙烤着大地，我的心却像冰窟一样，寒冷且空洞。我的背后传来一阵热情寒暄，我扭头往上看，两位银行高管模样的中年人正与一个肥胖男人握手告别。拎着普拉达公文包的大胖子经过我的跟前，手指弹出半截点燃的香烟，弹掉烟头的同时，一张身份证从他肥胖的身躯滑落在台阶上。目送着胖子壮观的后背，我伸手捡起台阶上的身份证，悄悄夹进我的中人财经大学毕业证里。

为了填饱肚子，也为了支付下个月的房租，我做了人生的第一个局。

那是秋季入学的前一天，我叫上在另一所野鸡大学读计算机专业的阿宣，冒充城商银行给我的野鸡母校财务处打了一个电话，谎称第二天会派两名职员前往学校财务处为POS机做系统升级。打完电话，阿宣说他的专业水平升级不了POS机。我让他即刻回学校，不管是请教学长还是老师，务必掌握这项技能。

次日，我和阿宣穿上偷来的城商银行行服，大摇大摆走进中人财经大学财务处。阿宣很聪明，学习新知识的能力不比我差多少。他只用了一个小时，就把财务处六台 POS 机里的关联账号全部改成我的银行卡账号。我的银行卡，是用大胖子的身份证办理的。

第二天，我收到了一天内报到新生缴纳的高昂学费。当天晚上，我和阿宣脑袋上套着黑色丝袜，从柜员机里只取出两万块钱，因为我忽略了柜员机取款单日上限只有两万元。中人财经大学财务处第二天就会发现没有收到钱，所以，我的取款机会只有一天。我查询银行卡余额，上面显示还剩 279 万元。我和阿宣捏着银行卡，长吁短叹到半夜，就像是隔着屏幕看 AV 女优的表演，急躁得抓耳挠腮。为安全起见，我擦拭干净银行卡上的指纹，把它扔进了护城河。

我人生的第一个局，极具昭示意义。它让我在日后做局中，不仅重视创意的新颖和出其不意，更能让我关注细节，因为细节决定做局的成败。

1

阿宣打来电话的时候，我正在面包车里给五个小伙子讲授考古课。殉葬坑示意图画在一块篮球战术板上，从探方、灰坑、做线标、夯土层一直讲到文化层。接着，我又教五个人如何使用手铲刮土，怎么用洛阳铲打探眼。打探眼还没有讲完，阿宣就打进来电话，说鼎华房地产公司的董事长到现场了。我看一眼手表，对阿宣说，我们十分钟后到现场。关上手机，我示意扎小辫子的小伙子去开车。

小辫子启动引擎后，问道："老板，咱们去哪儿?"

我大声斥责道："我最后强调一次，不许叫老板，叫范教授。"

小辫子点头应承："是是，范教授，咱们去哪儿?"

我冲着小辫子的后脑勺，说道："华阳私墅工地。"

接着，我从脚边的纸箱子里抽出五件白大褂，递给旁边长一张大饼子脸的小伙子，说道："都换上工作服，记住了，站有站相，坐有坐相，不站不坐，就做思考状。"

其实，我哪里懂什么考古。所有跟考古有关的术语和技术，都是我最近几天从网上搜索来的。实在感兴趣的地方，我是去图书馆查阅的资料。因为网上得来的一鳞半爪只够糊弄外行，图书馆里的知识才能应付专家。每到一座城市，我必去博物馆和图书馆，这两处地方都是免费的，也是能给予人收获的地方。我去博物馆和图书馆还有另一个用意，检测我新换的身份证能否与数据库的身份信息相匹配。如果身份信息不匹配，这两处地方也不会拿我怎样，只会拒绝我进入。

十分钟后，一辆带有"豫州文物局"字样的工作面包车，开进郊外一处四面有围挡的工地。围挡内侧粘贴着文物局的醒目标语："发现文物，保护文物，拨打文物热线电话××××××××"。工地上尚未竖起塔吊，只有七八台挖掘机在工作，属于工地基建阶段。远处的临时工棚前，停放着一辆豪华的奔驰轿车，那是鼎华房地产公司董事长康鼎华的座驾。康鼎华六十一岁，是豫州三大房地产商之一，与政商两界谙熟。康鼎华酷爱文物收藏，尤其喜欢收藏青铜器。同大多数富商巨贾一样，康鼎华的业余爱好属于浮皮潦草的附庸风雅，更多的是强烈的占有欲作祟。

我让小辫子直接把车开到临时工棚前，停靠在豪华奔驰旁边，以便让人看见我们车身上的"豫州文物局"字样。在车里，我便认出秃头谢顶的康鼎华，他正对着阿宣一脸怒气地挥动手臂，应该是在怒斥阿宣拨打文物热线电话。看到我们的车停下，康鼎华理了理凌乱的"地方支援中央"发型，换了一副笑容可掬的嘴脸。我一边下车，一边拨打阿宣的手机。听到手机铃声响起，阿宣一脸慌乱，从口袋里面掏出手机来。

我举着手机，走到阿宣跟前，问阿宣："是你发现青铜器打的电话吗？"

阿宣偷着瞄了一眼康鼎华，一副难为情的样子。

康鼎华拍了拍阿宣的肩膀，对我笑道："是他打的电话，我们每个月都会对工人进行文物保护的培训宣传，请问，您是……"

小辫子急忙走过来，对康鼎华介绍说："这位是范教授，是文物局新来的调研员。"

康鼎华急忙迎上来与我握手，嘴里寒暄道："咦，是大教授哩，热烈欢迎范教授莅临指导工作呀！"

我冲着康鼎华说道："发现青铜器的现场在哪里？"

康鼎华指着远处一辆推土机，说道："就在那个坑里，我刚才看了一眼，就是几个不值钱的青铜夜壶，还要劳动范教授亲自跑一趟。"

我没有理会康鼎华，转身对着阿宣，说道："走吧，一起去看看。"

阿宣一副唯唯诺诺的样子，表演得十分逼真。他应聘到这个工地开挖掘机有一个多月了，每天跟工人混迹一处，丝毫看不出他两个月前还在马尔代夫海岛酒店度假的痕迹。从马尔代夫回来，阿宣便直奔国内最知名的技校，据说那是一座可以开着挖掘机跳华尔兹的技校。阿宣的学习能力很强，他在技校里只开了一个礼拜挖掘机，便掌握了挖掘机的所有技能。他虽然不会开着挖掘机跳华尔兹，却也能把挖掘机顶在地上转圈圈。而后，他用钱贿赂了技校的副校长，拿到了一张五年前的毕业证书，以证明他有开挖掘机的五年工作经历。

沿着挖掘机的路径下到坑底，一只硕大的青铜簋倒扣在土坑里，另有一只青铜器的底足裸露在土层之外。只看这件青铜器的底足，便知晓土层里的青铜器物有多壮观了。五个身穿白大褂的小伙子鱼贯而下，他们拎着铲子、提着箱子，倒也挺像那么回事。我翻过那只倒扣的青铜簋，蹲在地上，用手铲铲掉青铜簋里的泥土，几十个铭文出现在青铜簋底部。站在我身后的康鼎华，不由得发出一声惊呼。

我站起身来，对着大饼子脸催促道："拉起警戒线，驱逐闲散人员。"

大饼子脸拎着一圈警戒线，对着康鼎华做了一个"请"的手势。康鼎华摇了摇头，叹一口长气。

接着，我又对小辫子说："申请武警支援，看规模，这是一座能出国宝级的大坑。"

小辫子应承着，从口袋里掏出手机，走到一边打电话了。

这时候，康鼎华笑眯眯地走过来，问我能否借一步说话。我沉吟片刻，跟着康鼎华走到土坑边上。

康鼎华附在我的耳边，小声说道："范教授，我的汽车后备厢里有三百万现金，我现在把坑埋上，您拿着三百万走人。"

我微微一笑，说："我回到局里，如何向领导解释那个发现文物的电话呢？"

康鼎华说："昨天，在那边土坑里挖出几个铜夜壶，您带回去交差。"

我朝着远处几个白大褂努了努嘴，说道："三百万还不够堵住他们嘴巴的，那件带铭文的铜簋就值三个三百万，还有那件翘着脚的大家伙，更别说这个坑里面埋着多少东西，你拿我的考古专业当三级厨师证了。"

康鼎华的脸色红一阵白一阵，嗫嚅道："我让司机再去取七百万现金……再送给您一栋别墅，如何？"

我说："我不要别墅，房子大了瘆人。"

康鼎华挠了挠头："我家里有一颗一百零一克拉的粉钻，能在北京换一套四合院，范教授这回该满意了吧。"

我顿了顿，对康鼎华说道："中！成交。"

我最终长成自己讨厌的人。我曾经剖析过自己"长成"的过程：不是我变成了自己讨厌的那一类人，而是我终于了解了自己，我本来就是那一类人。

在广州沙面一家临江酒吧里，我和阿宣一边喝着法国干邑，一边欣赏着那颗一百零一克拉的粉钻。阿宣大概是看出我对这颗粉钻的惜爱之意，他笑着对我说，这回的盈利不用均分了。阿宣的意思是，现金归他，粉钻归我。阿宣还说，就当是他送给我未来爱人的结婚礼物。阿宣就是这般善解我意。称谢后，我把那颗硕大的粉钻扔进酒杯里，琥珀色的白兰地包裹着粉色钻石，散发出温馨且温润的光泽，像是少女微醺的脸色，煞是好看。

这时，我的手机有信息提示音响起。打开手机，我看到是阿宣给我转账三十万元。

阿宣放下手机，笑着说："买仿造青铜器的三十万本钱是你出的，还给你。"

我喝了一口浸泡着粉钻的白兰地，感慨道："那些青铜器的做旧工艺真不错，铜锈做得几乎可以蒙骗过那些二把刀专家。"

阿宣说："那也隐瞒不了多久，我跟青铜器作坊里的师傅聊过，我问他四方鼎铭文后面的图案是不是印章，你猜那位师傅怎么说？"

我问道："师傅怎么说？"

阿宣笑道："那个师傅说，那是他们作坊的二维码，哈哈哈！"

我喝干杯子里的白兰地，把那颗硕大的粉钻吐到手里，站起身来，对阿宣说："老规矩，我们各自找地儿猫一阵子，你去规划你的海岛王国，我去寻找我的爱情。"

说罢，我便站起身来，往酒吧外面走去。

阿宣在我身后问道："你就那么着急把这颗粉钻送出去？"

我没有回头，略带哀怨地回了一句："我命中无妻。"

2

　　三个月后，我和阿宣在番禺的沙湾古镇再次相逢。他尚未规划好他的海岛王国，我也没有找到我的爱情。没有任何意外发生，一场痛饮过后，我们唯一能做的事情，就是策划下一个局。以往做的局，大都是由我来策划，阿宣负责补充。此番在沙湾古镇一见面，阿宣便抛出他策划的新局。

　　待阿宣激情讲演完毕，我实在不忍心给他泼凉水，但我还是评价道："最多也就是个几百万收成，这个局的投入产出比稍差些，我们可是做过上百亿的局。"

　　阿宣有些失望，重重地放下酒杯，辩解道："你说过，每一个局都要当做一场行为艺术，而不要过分考虑最终的盈利。"

我的确说过这样的话，也是秉承这个信条策划每一个局。为了不打击阿宣的热情，我答应实施这个局，并帮他完善了这个局的几处细节。

坐在我眼前的年轻人叫晏河，来自闽东三线小县城，应届毕业于知名传媒大学戏剧影视系。晏河五官端正，像明清小说里书生的标准绣像，看着让人心生愉悦。晏河从外貌到口才，从见识到反应，都属上乘。唯一令我不快的是他的右手，确切地说是他右手小拇指的长指甲。那个带着阿拉伯弯刀弧度的长指甲，泛着琥珀色的幽幽光亮，稍有点生活经验的人，都知道它的主人是如何使用这柄利器。

合上晏河的简历，我对他说："你回去等消息吧，这次录用人选要上报总台经济频道中心，再由中心人事部门核实学位学历，我们才能决定是否录用你。"

为了避免跟晏河握手，我拿起笔来，装作在文件上签字，直到我听见前台的小格跟晏河说再见。我把小格和阿宣叫进来，让他俩以后面试把关的时候再加上一条，男性不能留长指甲，尤其是小拇指。

阿宣和小格对望一眼，对我这条规定十分不解。尤其是小格，她虽然工作热情十足，却只是一个装点门面的前台小姐，属于我的团队的外围人员，她是阿宣从创业园门口忽悠来的傻白甜。小格也是今年的应届毕业生，专业读的是新闻。那天，小格来创业园一家视频自媒体面试，正好赶上我和阿宣来看房子。小格长相中等，却有一双漂亮的眼睛。肤白貌美大长腿对我没有吸引力，可是漂亮会说话的眼睛会让我内心起波澜。我之所以能够活到现在，是因为我对自己有充分的了解。我本不忍心对小格这样的女孩下手，可阿宣说创业园里有一半是骗子，小格不被我们骗也会被别的骗子骗。于是，阿宣主动上前给小格递上一张带有电视台LOGO的名片，只用了三分钟就招聘来第一位员工。小格是冲着国字头电视台这块招牌来的，而这块金字招牌是我和阿宣用一个礼拜时间打造出来的：××电视台经济频道驻广州记者站。经济频道的LOGO是阿宣从网络上下载的，色差严格对标国际PANTONG色卡，外行人绝对看不出破绽。阿宣找了一家不起眼的打印店，木质、铜质、水晶、不干胶的标识牌匾做了一大堆。只用了两天时间，阿宣和小格就把创业园临时租用的办公室布置好了。我第一次过来视察的时候，真的感觉自己走进了国家顶级电视台。虽然我从未进过它的大门，但是我有超强的观察能力，只要稍微留心看上一天经济频道的节目，便能通过透明的演播室看到导播间和工作间的布局风格。临时办公室是用小格的身份证租赁的，包括两辆粘贴着频道LOGO的工作车，因为阿宣说我们俩的北京身份证不方便。小格是地地道道的广州人，身材不高不矮不胖不瘦，长相也是中等。把她往漂亮里看，也算具备女性特征。把她往丑里看，肤色稍黑门牙微龅。

小格略带疑惑地问我："米总，万一人家特别有工作能力，却留着一个长指甲呢？"

我点上早晨还没有抽完的半支雪茄，吐出一口浓浓的烟雾，盯着落地玻璃窗外的江景对小格说："有没有工作能力，得工作后才能看见。"眼屎、耳屎、鼻屎都是身体的排泄物，我无法整天面对一个工作搭档，他的指甲是一张擦屁眼的手纸。

剩下的三天时间，阿宣总共招聘来十一名应届大学生，包括晏河。第二次见到晏河的时候，他正在临时布置的演播室调试摄像机。摄像机全都是阿宣从旧电器市场淘来的二手货，贴上频道的标识后，顿时显得光彩照人。晏河右手小拇指的阿拉伯弯刀已经剪掉，这让我的心情顿时舒畅。

看见我站在他的身后，晏河主动开口："米总，这台摄像机的白平衡和亮度补偿有点问题。"

我把目光从晏河和摄像机上移开，盯着演播室背景板上的"小微企业高端访谈"字样，用轻松的口吻说道："鉴于你们都是新手，拍摄时全都使用自动模式吧，我们广州记者站上传素材后，频道中心会统一进行技术指标调整。"

晏河愣了一下，又问道："我们不进行后期编辑吗？"

阿宣走进来，接过话题，说道："后期编辑设备一个月后才能安装，先期，我们记者站只能往北京上传采访素材。"

晏河不再言语，深邃的眼睛里却有一种闪烁让我有不详的预感，我隐隐有一丝担忧。

培训工作由阿宣负责，他指导"记者们"如何与小微企业打交道，如何简单明了自报家门，如何不卑

不亢单手递名片，把初次见面的话术阐述得十分详细
易懂。接下来，阿宣让大家记住一组数据，全是他自
己编造的一些小微企业通过电视台经济频道宣传后销
售额突飞猛进的假数据。最后，阿宣给每个人发了两
盒名片，每个人都是记者头衔。看到自己的名字跟频
道LOGO印在一起，大家的眼神都流彩飞扬，小格当
即就跟晏河交换了名片，亢奋像面膜一样糊上每张年
轻的脸。

经过一上午的简单培训，阿宣带着十一名"记
者"浩浩荡荡开赴创业园隔壁——广州小微企业展
销会。

3

或许你已经看出来了，没错，我是一个骗子，我叫余经纬。

我出生在江南一个叫雷引村的地方，全村半数以上的人都以行骗为生。行骗和被骗，在雷引村人眼里是天经地义的事，他们觉得活着的全部意义就是"人生没有被骗，行骗不被戳穿"。雷引村不行骗的少半数人，不是他们道德情操有多高，而是岁数太小或者太老。年老体弱者退隐江湖后，会总结毕生行骗经验，在茶余饭后传授给狗都嫌的顽童们。也有志存高远的老者，会推陈出新精研骗术，甚至还会画图和编写口诀。例如骗遍整个国家的电话诈骗术"猜猜我是谁"，就是雷引村德高望重的余三叔研发的。金盆洗手后，余三叔发挥余热，坐在家里仅靠一部手机就赚得盆满钵满。余三叔岁数高，辈分高，骗术更高，据说他一生行骗大江南北从未失过手。余三叔属于雷引村老派骗术大师硕果仅存的一位。老派骗术和新派骗术很容易区分，老派行骗讲究给"秧子"留活路，绝不赶尽杀绝。而新派骗术则会设下连环套，直到把秧子榨干，不管其死活。秧子算是骗术行当里的术语，就是指上当受骗的普通人。

在遍地都是骗子的雷引村，所有人耳濡目染日夜浸润，即便是未成年的孩子，也是一脸沧桑的江湖气，眼神里全是十足的戒备。偏偏我是雷引村的奇葩，因为一直到读初中我还不会说瞎话骗人。不骗人也就罢了，我被人骗去一个星期生活费还成了雷引村的笑话，让我的家族在村子蒙羞，最终导致我爸爸用鞋底子把我两个腮帮子抽成腮腺炎。

那回被骗的经过是这样的：一天下午放学回家，快走到村口的时候，遇见一位穿白色连衣裙的姐姐。姐姐打扮时髦，烫着波浪一样的长发，长发末梢搭在雪白的胸脯上，跟着胸脯一起一伏，看得我有些羞臊。波浪姐姐拦住我和我同学阿宣，说她的钱被人骗光了，她问我能不能借她一点路费回县城。在雷引村人辐射范围内，被骗去钱财实在是司空见惯。我迟疑着把手伸进口袋，那里面只有十七块钱；是我一个礼拜的午餐钱。波浪姐姐让我留下地址，说她过两天就来还我钱。我掏出口袋里的钱，阿宣一把攥住我的手，给我丢了一个眼神，示意我不要借钱给波浪姐姐。波浪姐姐从包里掏出大哥大，还把一张名片递过来，说名片上有她电话和公司地址。我犹豫再三，最后挣脱阿宣的手，把十七块钱交给波浪姐姐。我还从书包里掏出四线方格本，在上面写了我家的座机电话，让她来还钱的时候先给我打电话。接下来，我一个礼拜的中午都在饿肚子。阿宣把我受骗上当的事儿传回村子，传到我爸爸耳朵里。就算我爸爸拿鞋底子抽我的时候，我还在犟嘴，说那个姐姐连大哥大都有，不会骗小孩子钱的。听到辩解，我爸爸下手更重了，我忍不住疼痛躲闪了一下，我爸爸手里的破鞋飞了出去，正好落进滚沸的臭鳜鱼锅里。我妈妈顾不上从锅里捞出破鞋，举着铲子直奔我而来，吓得我夺门而出。一直躲到后半夜，趁着家人睡着了，我才敢回家。

自此之后，我每天下午放学回家都守在电话边上，等着波浪姐姐来还钱。两个礼拜过后，波浪姐姐不仅没有来还钱，也没有打来电话。我试着拨打波浪姐姐的大哥大，是一个男人接的电话，我说我找赵丽丽。男人很不耐烦，说我打错电话浪费了他两块钱，还说他压根不认识什么赵丽丽。一年后，我代表镇上的中学到县城里参加运动会，按照波浪姐姐名片上的地址寻去，没有找到振华贸易公司，只找到一座脏乎乎的公共厕所。

阿宣和他的"记者团队"斩获颇丰，总共有五十七家小微企业有意愿参与访谈节目录制。五十七家小微企业的背景资料摆在我的办公桌上，我用了一上午时间细心阅读，大都是创业两到三年时间的私企。小微企业创业到两三年的时候，无论是资金和耐心都到了瓶颈或天花板，私企老板就像洪流里的泅渡者，强烈的求生欲望使得这些精疲力竭的可怜人想抓住任何一个机会。此刻，就算眼前漂过一根吊死他们的绳套，也会被误以为是救命的稻草。这是我阅读《为什么要创业》这本书了解到的小微企业状况，结合心理学和社会行为学，我才制订出对小微企业下手的计划。

我剔除了两家刚刚成立的小公司，因为受煎熬的时间尚短，他们还对周遭保持着应有的警惕。接着又拿掉三家有大公司注入资金的小微企业，因为它们或多或少有一点背景和社会资源。最后放弃的四家小微企业，是因为创始人的相貌大都精明干练，一看就是不好惹的主儿。细筛出来四十八家小微企业，阿宣让每个记者按照最初联络记者的身份打电话，让企业创始人按照约定时间前来演播室，进行访谈并录制节目。

隔着玻璃墙看到晏河在低头玩手机，我问阿宣："晏河拉来几个客户？"

阿宣说："拉了一个，还被你踢了。"

接下来的一周时间，我以每天三到四场访谈的强度工作着，这是我必须亲力亲为的工作，因为我是《小微企业高端访谈》节目主持人。访谈前，记者会为我提供一份访谈提问内容，问题设计大都浅显稚嫩，十一名临时招聘的记者几乎没有一个能够胜任记者职位的。为此，我对大学的成材率也深感忧虑。

访谈过程其实是一个心理较量过程，在整场访谈中，我不仅要表现出很强的商业见解，还要展现与小微企业领域相关的独特解读，力争全方位碾压对方的心理防线。演播室访谈只是形式上的铺垫，访谈结束后，重头戏才算正式上演。普通人面对摄像机镜头本就紧张局促，加上补光灯炙烤，还有我将近一个小时狂轰滥炸的质疑和提问，接受完访谈的小企业主几近虚脱状。随后，"记者"摘除小企业主身上的采访麦克风，阿宣将他们请进旁边的会客室歇息。大约三分钟后，阿宣引领着我走进会客室，小企业主会一脸恭敬地站立起来，我伸手示意对方坐下不必拘礼。

解开西装衣扣，我大喇喇地坐进沙发里，用洪亮的播音腔说道："访谈时的问题提得比较尖锐，陈总不要介意，因为我只有把中国小微企业的艰难生存环境一一列举出来，才能引起高层的关注。"

本就坐了半个屁股在沙发上的陈总，立刻站起来，诚恳地说着蹩脚的粤味普通话："米老师，您太客气了，我们知道您都是为了我们企业好，我们这些民营小企业能够活下来，非常不容易，您能替我们发声，简直就是我们的救命恩人……"

陈总说着话，眼圈开始发红，声音也跟着哽咽起来。我抽出两张纸巾，站起身来递给陈总，并按着他的肩膀重坐回沙发里。

接着，我改用语重心长的口吻，说道："民营企业支撑起中国经济的半边天，解决了将近五亿人的就业问题，人民会感念你们，国家更不会忘记你们。每一个十亿级、百亿级、千亿级的民企，都是从你们这样的小微企业成长壮大起来的。"

说这番话的时候，我调动起全身心的神经集中在两个眼睛上，真诚地盯住对方的双眸。普通人说瞎话的时候会眨眼睛，小骗子行骗时不敢与对方有过多眼神触碰。我恰恰相反，下杀招的时候，我会紧紧盯住对方的眼睛说话。在我表演"真诚"的时候，我觉得自己就像一个绝世武功高手，左右眼睛就是我已经打通的任督二脉，我的功法则是调动周身所有能量，通过两只眼睛输出真诚的情感表达。绝大多数人都会被我"真诚的眼神"干掉，包括那些举止高冷的女人。这个能力并非后天练就，而是我天赋异禀。

此刻，阿宣适时递过来保温杯，我接过杯子喝一口水，又改回略显激昂的播音腔："在这个艰苦的成长过程中，仅仅依靠你们企业家拼搏奋斗流血流汗，是远远不够的。置身信息时代，酒香也怕巷子深哪，作为国家级媒体，把你们这杯美酒从巷子里推到世人面前，是我们义不容辞的责任。"

陈总又一次站立起身，用力地握着我的手，眼睛里泛着泪光，嘴里不住声地称谢。每一次做局，做到让男人流泪的时候，基本上就算成功了。其实，我是见不得男人哭的。每到这个时候，我的脑海里都会闪过放手的念头。但我也会迅速打消这个愚蠢的念头，因为我还有底线，像陈总这样的创业者，遇到一个有底线的骗子，就会避开日后无数没有底线的骗子。从这个角度来看，我相当于给他上了一堂付费课程。佛法万千，施一粥，补一刀，都是度人。

接下来，便进入骗局的常规步骤，阿宣以兼职财会身份让陈总缴纳十三万块钱费用。此刻的陈总正沉浸在我给他描述的蓝图里，他艰苦创业的形象和企业未来的前景会在经济频道黄金时间里曝光五分钟，有眼光的投资公司会在很短的时间里与之进行接洽和投资……

陈总的助理询问阿宣："你们不是为我们小微企

业免费义务宣传吗?"

阿宣对陈总助理解释说:"是免费义务宣传,如果是在总部大楼录制访谈,一分钱不用花,咱们这不是在广州录制吗,大量的节目素材通过卫星上传到总部的制作中心,这个十三万块钱是卫星传输费用,而且收的是成本价,这个钱也不是电视台收,我们要上交航天部⋯⋯"

隔着玻璃墙,我看到助理在跟陈总耳语。陈总用纸巾擦了擦眼角的泪花,咬着嘴唇沉默良久,最终还是点了点头。

4

离开广州的时候是早晨，一个细雨悠长的早晨。

前天晚上，我请团队的十一位假记者在炳胜吃粤菜，吃完粤菜又去kboss唱歌，大家玩得很是开心。唱歌的时候我喝了很多酒，假戏真唱地说了很多话，那些话本应该是对真记者说的。我唱完一首张学友的《回头太难》，举起一瓶喜力啤酒，对大家说："有人的地方就有苦难，一个真正的记者眼里应该看得见苦难，而不是只会写含新闻五要素的赞美文章。每个人杵在那儿，背后都有一道阴影。每一件事情发生，背后都有不为人所知的起心动念。作为媒体人，不要做道德的评判者，而是要成为事实的捍卫者，并在捍卫事实的同时关怀弱者、关怀人性。媒体人要有新闻理想，家庭和学校已经成功地把你们培养成了社会需要的服从性个体，但你们依然可以保有一颗有良知、有底线、有情怀、有新闻理想的心。"

讲这段话的时候，我又调动起全身心神经，我以最真诚的眼神扫过每一双年轻清澈的眼睛。我想，这一夜，在他们一生中会被铭刻在记忆里，因为一个骗子在倡导良知、底线、情怀，还有理想，使得这样一群不谙世事的年轻人，了解到这个世界有多么荒唐。他们在大学里学不到这一课，因为大学收学费。我给他们上的这一课，不仅不收学费，我还让阿宣给每个人发了一万块钱劳务费，而他们只为我工作了半个月。盗亦有道，骗亦有道。这是雷引村老派骗子们遵循的底线：谋财不害命，骗钱不骗情，给秧子留活路，绝不赶尽杀绝。就如余三叔所言，做再缺德的事儿，也要义正词严。干再大的买卖，也要给人留活路。余三叔这里说的"买卖"就是骗局，我们骗子也称之为做局。

余三叔经常讲一个案例。他年轻时假扮和尚，在江北一个村子里做过一场法事，法事的主题是消灾渡劫。时值江北一带流行疟疾，老弱病残者多有熬不过去的，每个村子里丧事不断。余三叔多少懂一点医理，知道苦蒿可御邪祛毒，便扮成云游僧前往江北。进了村子之后，余三叔给一户重症人家熬制一锅苦蒿水，家中老人服用后，当天即可下地行走。余三叔的盛名在江北迅速传遍开来，他便在村中设坛做法事，要为江北民众消灾渡劫。闻风而来的乡众，多半是家中有重症患者，因此没有空手的，尽其所能奉上供养。法事完毕，余三叔告诉众人，他已经在遍地的野生苦蒿上施法，滚水煮沸饮其汤，三日后便可痊愈。一干乡众回家依法炮制，三日后，果然不再有人死去。大赚一笔的余三叔于第四日离开村子时，被一壮汉拦下。壮汉跪倒在地，不停歇地给余三叔磕头，说是他母亲重病多日，恳请余三叔去他家为老母施法。余三叔推辞不过，便跟随壮汉回家。壮汉住在村子最后面，房舍破旧，家徒四壁，除了卧在炕上的老母之外，地上还站着三个衣衫褴褛的半大孩子，皆是一双呆滞眼神盯着余三叔看。余三叔望闻问切后，发现老人根本不是疟疾所致，而是其他重病缠身。人命关天，余三叔不敢造次，从褡裢中取出骗来的一半钱币交与壮汉，让他赶紧将老母送医院诊治，随后便匆匆离去。

坐在珠海水湾路一间酒吧里，我的心情陷于低谷，原因是阿宣给我微信里转发了一条公众号链接文章：《常春藤投资管理公司暴雷，抵押住宅投资两位老者前后自杀》。常春藤是我曾经做的投资公司的名字，卷走投资客户的钱也是我和阿宣干的。这个局没有什么技术含量，只是普通庞氏骗局的一个变种，却依然还能让众多秧子飞蛾扑火。这件事情已经过去三年了，怎么会被人翻出来炒作呢？而且，当时也没有听说有投资者跳楼自杀。这篇文章对三年前的案情做了翔实陈述，还把常春藤公司的创始人滕永义说成一个高智商的诈骗犯。滕永义就是我，每个局我都会为自己取一个名字，再花钱伪造一套身份信息。迄今为止，我已经用过将近二十个名字，"滕永义"这个名字我用的时间最长，因为常春藤公司做的是长线，前后经营布局将近五年。如果不是公司投资失败，如果不是在股市满仓熔断，如果不是被机构割了韭菜，也许我已经转型成正经金融人士了。在做滕永义那五年时间里，我按照正规公司管理常春藤，从团队建设到带薪年假，从五险一金到每个员工的生日蛋糕，能做的我全都做到了。我一度产生了错位的感觉，恍惚真的以为自己是投资公司的老板。为了应对查账，我巴结过税务局长。为了消防过关，我宴请过公安局长。有了公安局长背书，派出所所长成了我的座上宾，第一个报案常春藤诈骗的信息就是派出所所长给我的，我才有时间从容撤退，且没有留下任何蛛丝马迹。在接下来的数年时间里，因为法人代表滕永义人间蒸发，常春藤投资客户也只能自认倒霉，只是偶尔在微信投资群里发发牢骚。阿宣一直以受害客户身份隐藏在群里，跟着其他四百多人一起咒骂滕永义，甚至还有人花钱请大仙给滕永义施蛊。我是无神论者，压根就不相信因果报应。再说了，滕永义也不是我，生辰八字都是我胡乱编造的。刚刚开始跑路那阵子，阿宣天天截图给我看，看哪个客户骂人有水平。有一个人一直维护我，她叫陆紫缨，是常春藤公司的员工，也是投资群里的管理员。群里本来有五个管理员，事发之后，另外四个管理员全都悄悄退群，只剩下陆紫缨还在坚持工作。起先，陆紫缨按照我临走时的说辞应对投资者，说是公司在英国的投资失败，资金一时难以回笼，但是公司一直在努力与英国方面进行沟通，争取让大家的损失减少到最低程度……

陆紫缨几乎把这套说辞每天都要说几遍几十遍，从清晨说到深夜，以平复投资者的情绪。突然，阿宣有一天告诉我，说陆紫缨不见了。我说已经很不容易了，她一个人能够扛这么久。大概过了十天左右的时间，阿宣说陆紫缨又出现了，而且一如既往地安抚大家，只是不再说我留下的那套说辞。用陆紫缨自己的话说，她相信滕永义滕总的人品，他肯定遇到了极大的困难，只要大家有耐心，迟早会等到滕永义滕总回来还钱的。

投资者对陆紫缨嗤之以鼻，有的人甚至骂她幼稚，还诬陷她与我是一伙的，更有人威胁要把她扭送公安局。陆紫缨平静地回道，说她在刚刚过去的十天一直在接受警察的调查讯问。

接下来，陆紫缨做了一件让我更加瞠目结舌的事情：她开始偿还经她手拉进常春藤公司客户的佣金。用她的话来讲，我偿还不起你们的本金，但是我赚你们的佣金会如数偿还。我让阿宣试探过陆紫缨，得知她现在在一家房地产公司做售楼小姐，赚的也是辛苦钱。

说实话，我已经被忠诚度这么高的员工感动了。

我对阿宣说，将来我要是做上正经生意，一定要拉陆紫缨来做合伙人。阿宣说拉倒吧，我们再也不可能做正经人了，不做正经人如何做正经生意。

就这样，常春藤的投资微信群一直保留到现在。只要有客户提出咨询，陆紫缨依旧还会耐心答复。有的人喝醉酒，也会进群发泄一番。一个叫"正义之师"的男人，有天半夜进群，声称自己投资常春藤九千万，如果今年年底还见不到钱，就要陆紫缨陪他睡觉。陆紫缨丝毫不见恼怒，仍是温和地劝说"正义之师"，让他多一些耐心……

据阿宣估计，每个人都把自己在常春藤公司的投资夸大了几倍、甚至几十倍。因为根据几位比较能骂的客户自报数额，已经超过三百亿，而我们总共拢到手的资金也就一百亿出头。阿宣说他的邮箱里有一份最原始的投资人记录，等他有朝一日把记录发到群里，羞臊死那些喜欢吹牛皮的家伙。我们不说实话，所以我们成了骗子。秧子们不说实话，所以他们成了秧子。从这一点来看，骗子和秧子是一样的货色，没有高低贵贱之分，不同的只是他们赔钱了，我赚钱了。

对于我们骗子来说，骗到手的钱就算是自己的。

因此，我也曾经是资产过百亿的人。令我懊恼的是没有听阿宣规劝，他主张卷钱走人，可我自负在大学读过金融专业，非要去股市里面搏一把。2015年的春天，我假冒高干子弟买通证券公司的一个小职员，一天开了十个账户以躲避监管，把五亿资金注入账户。进入股市一周的时间，我的账面便盈利三千多万，一时间我真的以为自己化身资本大鳄，或者是索罗斯重生。接下来，我每天都在小规模地注入资金，不到一个月就把一百亿资金全部投入股市。我亲自见证了自己创造的历史，二三十个亿的个股任由我随便拉涨停，或者是砸跌停。那个感觉好极了，我甚至觉得做上帝也不过如此。美梦易醒，半个月后我便遇到第一次股灾。接下来，那一年的三次股灾都没能躲过，而且都是满仓下跌。加上需要不断支付前期客户的高额利息，一百多亿很快打了水漂儿，我甚至都没听见响声。

5

　　我在这间背山临海的民居里，住了整整三年。每天都是面朝大海，四季花开，可我的心情仍旧如三年前一样压抑，就像春夏之交的海流雾一般浓稠，拨不开，吹不散。每个早晨醒来，我都希望有一场世纪飓风，吹散我心头的浓雾，让阳光照射进来。而后，三年迎来大概有十场台风，我却依旧走不出我生命的雾霾。记得台风"山竹"袭来的时候，我攀上民居后面的山顶，任由狂风暴雨肆虐。上山的时候，我还穿戴整齐，下山时身上只剩下一条内裤。十二级的强台风瞬间把我掀翻在地，一根断树杈划过我的左脸颊，留下一条长长的伤疤。只要不做局行骗，我都喜欢一个人待着，静静地品享寂寞。人们之所以喜欢热闹，是因为他们无法与自己的灵魂独处。面对不堪的过往、面对自己曾经造下的孽，不是每个凡人都有思考和反省的能力。作为一个人人痛恨的骗子，我一直秉持着余三叔老派行骗的底线：谋财不害命，骗钱不骗情。因此，每一次做完局，我都会独自猫起来，总结骗局中可以完善之处。没错，我把每一场骗局当做行为艺术，力争做到尽善尽美，让人们付出能够承受的代价以接受最大的教训。不承想，我铺垫五年之久的常春藤，最终突破我的从业底线，闹出两条人命。这个世界之所以不再美好，就是因为没有底线的骗子泛滥。

三年来，唯一能够让我心安的就是股市，我用新身份注册了新账户，注入三百万资金，在一路熊市走下来的大背景里，我居然还有23%的盈利，超过股神巴菲特四十五年20.5%的复合收益率。可惜的是股市每天只有四个小时开盘，剩下的二十个小时里，为了不让自己抑郁，我开始总结编写自己运作股票的心得和技巧。

阿宣已经在三年前就被我打发去了北京，他不喜欢海边的浓雾，他喜欢大城市，喜欢满满的烟火气。

他偶尔做个局，赚取一点生活费，拿不准的时候也会让我帮他规划。阿宣受我的影响，晚我一年考取北京的一所野鸡大学，我们俩是雷引村历史上仅有的两个读过大学的娃儿，虽然都是摆不上台面的正经大学。阿宣高考成绩没有达到二本线，是我鼓励他去北京读野鸡大学的，我的理由是选择大学不如选择城市重要。如果说读大学就是在不同的城市打四年"王者荣耀"，我们有什么理由不选择北京呢？即便是一所野鸡大学。

阿宣本来跟我是同一届的同学，可他读高一那年腿骨骨折，在家休学一年。阿宣算是我的远房堂侄，也是我儿时的玩伴，他很聪明，打小就属于罩着我的人。小时候，我们俩经常一起听余三叔讲故事，余三叔还说阿宣有灵性，是个做骗子的好材料。同一年，我和阿宣考进县一中，看到县城里的好多男同学都穿着名牌运动鞋，心里很是羡慕。为了满足少年的虚荣心，我们俩省吃俭用半个学期，凑够了钱，从学校门口那帮社会痞子手里买了一双名牌运动鞋。这帮痞子卖的不是假名牌，是货真价实的真名牌鞋，却比专卖店里便宜一百多块钱，男同学们大都从社会痞子手里买名牌鞋。合伙买鞋有一个问题，阿宣的鞋码是41，我的鞋码是43，公平起见，我们俩买了一双42码的名牌鞋。从此之后，鞋轮换着一人穿一天，我和阿宣两个人歇脚不歇鞋。阿宣穿上大一码的鞋，走路经常被自己的鞋绊倒，有一回还把一颗门牙磕掉一半。我穿上小一码的鞋，十个脚趾只能坚持一上午，到了下午就锥心刺骨一般难受。这辈子第一个给我小鞋穿的，居然是我自己。半个学期不到，这双备受煎熬的名牌鞋就被我们俩穿变了形。有一天晚上，我在教室晚自习，阿宣在窗外敲了敲玻璃，摆手示意我跟他出去。我们俩没有说话，我一直跟着阿宣走出学校，在县一中校门外的小树林里，阿宣从鼓鼓囊囊的背包里居然掏出两顶大檐帽，还有两身保安服。阿宣自己穿上保安服，还督促我快点换衣服。

我问他："穿这身衣服干吗去？"

阿宣没有回答我的问题，直接反问道："想不想要一双自己的名牌鞋？"

我说："想。"

阿宣说："那就赶紧换上衣服，跟我走。"

阿宣还从背包里掏出一只手电筒，他按下按钮的时候，手电筒前段"啪啪啪"地闪烁着蓝色的电火花。他把电棍手电筒挂在腰上，又从草丛里推出自行车，冲着我甩了甩头，然后一条腿蹬地一条腿跨上自行车。我在"拥有一双自己的名牌鞋"的引诱下，没做丝毫犹豫就上了阿宣的自行车。在路上，我问阿宣从哪里弄来的行头。阿宣说从学校保安室偷来的，用完了得赶紧还回去。大概用了半个小时，阿宣用自行车把我载到县里的工业园区。他把自行车藏在一片灌木丛里，然后领着我顺着墙根走到一座厂房外，并示意我猫下腰来。就这样，我们俩猫在墙根下。又过了半个小时左右，一个黑影从对面走过来，在距离我们前面五六十米的地方停下来。稍后，院墙里面传来一声唿哨。紧接着，那个黑影也打了一声唿哨。哨声过后，"噗通"一声响动，一件物体从院墙里面飞了出来。这时，阿宣示意我起身，他整了整头上的大檐帽，摘下腰里的电棍手电筒，直奔墙根下的黑影走去。快走到黑影跟前的时候，阿宣打开手电筒，并按下按钮，手电筒的顶端"啪啪啪"地闪烁着蓝色的电火花。

阿宣憋着很粗的嗓音喊道："站住！我们埋伏好

几天，终于抓住你们这些窃贼了。"

手电筒的亮光处，一个壮实的小伙子扔下手里的大纸壳箱，拔腿便跑。阿宣虚张声势地追出去十几步远，便折回来，示意我抬上纸壳箱，一路小跑回到藏自行车的灌木丛。我们俩手忙脚乱地把纸壳箱绑缚在自行车后座上，阿宣蹬上自行车，让我在后面跟着一路飞跑。

原来，工业园区那座厂房便是某知名运动鞋的包装仓库，在学校门口贩卖的名牌运动鞋中，就有从这座仓库里应外合偷出来的。当天夜里，我和阿宣把保安装备悄悄还回学校的值班室，然后各骑一辆自行车，把那箱子运动鞋搬运回雷引村。我们的运气不错，这箱子鞋款式很新潮，全部是43码。我穿上正好合脚的鞋，觉得自己可以飞檐走壁。我安慰阿宣，过些天卖掉几双43码鞋，给他买几双41码的正品鞋。阿宣说不着急卖鞋，免得被人发现。阿宣还说自己已经学会了穿大鞋，43码也能将就着穿。

半个月过后的星期一，我们俩以为这件事过去了，便忍不住穿上新鞋去了学校。星期三下午放学后，我在校门口超市里买了两个老冰棍，出门后便被那帮盗卖名牌鞋的社会痞子截住，不由分说就把我暴打一顿。阿宣不知从哪里得到消息，拎着一根铁棍冲了过来，但他不善于打架，挥动几下之后，就被自己的大两号的鞋绊倒了。随后，我们俩被带到一座废弃的旧厂房里，一个痞子头目问我们鞋从哪里来的。我说，从专卖店里买的。那个头目对着我的小腹狠狠踢了一脚，说这款鞋刚刚生产出来，还没有上市。接下来，我和阿宣又遭一顿毒打，逼我们俩把那箱运动鞋交出来。

阿宣吐出一口血水，对那个头目说："为了一箱子运动鞋，你也不至于搞出人命来吧。"

那个头目说："今天不把鞋交出来，我就弄死你们俩。"

阿宣说："运动鞋藏在我们家里，我在纸箱里留了一封遗书，把你们里应外合偷鞋的过程全都写得明明白白，我们俩如果有人出了意外，你们这帮人一个都跑不了。"

头目翻了一下白眼，说道："我可以不弄死你们俩，但你得把那箱鞋还给我。"

阿宣说："你们把我们俩打成这样，那箱鞋就是补偿，如果你们非把那箱子鞋拿回去，我就去警察那里举报你们。"

头目思考片刻，问道："就算我不要那箱子鞋，也不能阻止你们举报我。"

阿宣说："鞋在我们手里，等于我们也用了贼赃，举报你们就等于出卖我们自己。"

头目大概觉得阿宣说的都在理儿，他叹了一口气："好吧，从今天起我们算是上了同一条贼船，但是得让我出来这口恶气。"

阿宣问道："怎么才能让你出这口恶气？"

头目用手指着我，对阿宣说："我要么割掉他的一只耳朵，要么断你一条腿，你们俩合计一下，谁来让我出这口恶气。"

我对那个头目说："你不能这么干，我们选择把那箱运动鞋还给你。"

头目嘿嘿冷笑道："是你们提醒了我，那箱子鞋只要留在你们手里，我们就是一条贼船上的人，你们就不敢去举报我。"

说罢，那个头目从口袋里掏出一把折叠刀，走到我跟前，抓住我左侧的耳朵就要割下去。

突然，阿宣大叫一声，喊道："断我的腿。"

我当时似乎听见了阿宣腿骨的断裂声，那个声音不是刺耳，而是刺疼了我的心。等到那帮人离去后，我哭着埋怨阿宣。

阿宣脸上露出一丝惨笑，他说："腿断了，还能长好，耳朵没了，你就变成残废了……"

一阵凉风吹进窗户，把桌子上的一沓《金融时报》和我的读书笔记吹落在地上。看来，又一场台风即将登陆。手机"嘀嘀嘀"的几声响，是阿宣发来几张截图，还是陆紫缨在常春藤客户群里的应对。一个女孩不拿工资，却还在孜孜不倦地工作，这究竟是一个什么样的女子？

我给阿宣回了一条信息：你跟陆紫缨联络一下，三天后带她到厦门。

阿宣问道：做什么？

我回道：我们做过的孽，老天爷早早晚晚都会找回去的，所以，我这回要主动送回去。

阿宣问道：你要把什么送回去？

我回道：把亏欠常春藤投资人的钱送回去。做常春藤的时候，我们曾经有机会做一个好人，但是我们却在股市里栽了大跟头，才出了人命案。在哪里摔倒就要在哪里爬起来，我准备重新回到股市大干一场，把失去的钱捞回来，赔付常春藤的所有投资人。

阿宣：炒股捞回来？

我回道：不！从炒股的人身上捞回来，因为我们那一百亿都是被他们洗劫的。

几分钟过后，阿宣回复道：嗯嗯！这个借口我喜欢！做大局就要有一个高尚的目标。

6

见到陆紫缨的时候是傍晚，她留着微信头像上的短发，上身穿着一件黑色背心，下身穿着一条麻色七分裤，露出弧度很美的小腿。至于陆紫缨的长相，真的是一两句话很难说得清楚。例如她的眼睛不是很大，但仔细看上去，眼角却是正宗的妩媚杏核状。再例如她的鼻子不算高挺，却是修正笔直如若悬胆，使人过目不忘。陆紫缨长得不是很漂亮，但绝对不难看，五官端端正正，既不张扬也不平庸，让人看上一眼，便会在心里生出几分安逸。

阿宣拎着两只行李箱，带着陆紫缨一前一后走进民居小院。做常春藤那五年，为了保持神秘感，我很少在员工面前露面，公司的日常管理都是阿宣在做，我几乎不认识陆紫缨，甚至连面熟都说不上。干我们这一行，最讲究的是不留下痕迹。所以，我的照片也不会出现在公司里，员工们对我同样陌生。

阿宣介绍完陆紫缨后，她的眼神里面略有一丝冲动，却很快平复下来，用不卑不亢的口吻问候道："滕总好！"

我很官方地向陆紫缨表达感谢，感谢她三年以来努力坚持工作，并承诺会以恰当的方式对其付出予以酬谢。陆紫缨点点头，又摇摇头，她没有讲话，却流下两行眼泪，情绪有些难以自制。后来，她耸动着圆润光滑的肩头，轻声抽噎起来。我想她大概是想起自己三年来受的委屈，有点情绪也在情理之中。随后，我带着陆紫缨走进客房，安排她洗漱歇息，并让她半个小时后去客厅会合，然后一起下山吃接风宴。直到陆紫缨走进自己的房间，我才长长呼出一口气，因为自打她走进这方小庭院，我的身体里便涌出一股乱流，我判断不好这股乱流是多巴胺还是性欲。我是一个自制能力极强的人，这种事情在我身上极少发生，以至于让我心慌出汗，但是没有不舒服的感觉。

回到客厅，阿宣正坐在摇椅上抽烟。分开三年之久，阿宣的圆脸胖了一圈，发型变成近些年流行的"头顶一撮毛式"。虽说是久别重逢，我和阿宣之间也无需寒暄。

我问他，最近做过什么局。

阿宣苦笑一下，说经济大环境不好，除了爱，什么都不好做。

接着，阿宣的脸上略显隐忧神色，他问我是不是要把陆紫缨吸收进核心团队。

我当即否定："我们的原生家庭和生长环境，使得我们无法逃脱命运的诅咒，难道我还会把天使拉进泥潭吗？"

阿宣点点头："那我就放心了，我还担心你一时鬼迷心窍呢。"

我说："让她站在泥潭边上，我保她泥不沾身。其实，让天使了解地狱也算一桩善事。"

所谓的命运诅咒，是一个在雷引村妇孺皆知的传说。我爷爷讲过这个传说，我爸爸也讲过，但是他们都不如余三叔讲得好听。那回，余三叔喝了酒，看见我和阿宣在村头大槐树下玩玻璃弹球，他摇摇晃晃走过来，喘着酒气弯下腰来，捡起小土坑边上的三枚玻璃弹球，放在两个手掌里使劲搓了三下，然后打开两个手掌朝我们反复翻着手掌，三枚玻璃弹球已经不知所终。我和阿宣知道是余三叔在逗我们玩儿，便一人拽住他一条胳膊，让他讲故事听。余三叔嬉笑着坐在一盘废弃的石磨上，从口袋里掏出一盒香烟，他抽出一根香烟来叼在两片薄薄的嘴唇上，然后拿着烟盒对着我的小手倾倒出三枚玻璃弹球。余三叔点上香烟，吐出一口合着浓烈酒气的烟雾，便讲起那个雷引村无人不知的传说：雷引村曾经出过一位富甲一方的大财主，姓雷，他也是雷引村唯一一户不姓余的人家。原来，姓雷的祖上逃荒至此，看好此地上风上水，便在此拓荒安家，日子渐渐红火起来。数年后，又赶上旱灾，江北一个余姓村子十几户结伴逃荒，流落至雷引村。雷家祖上便是逃荒人，曾经立下祖训，凡遇逃荒者，必接济衣食。受到雷家接济的十几户余姓人家，便落户雷引村，就此告别忍饥挨饿的逃荒日子。耕读传世的雷家宅心仁厚，不间断地接济着十几户余姓人家，天长日久也让余姓众人养成衣来伸手饭来张口的坏毛病。又过了数年赶上涝灾，雷家的庄稼颗粒无收，自家吃饭都成了大问题，便接济不上外人。于是，十几户余姓人家便有了怨言，甚至天天堵在雷家门口叫骂。叫骂数日后，雷家扛出一袋子白米放在家门口，说这是雷家三十多口仅有的口粮。余姓众人哪里听得进去，便一哄而上瓜分了一袋子白米。七日后，一干余姓人家吃完一袋子白米后，又围拢至雷家门前，讨粮叫骂。雷家大门紧闭，不再有人出来解释。这一日，正赶上铁拐李在江南探勘洪涝，途经雷引村时看到此景，便上前相询。十几户好吃懒做的余姓众人，你一言我一语，把雷家说成为富不仁的劣绅恶霸，眼看着全村人快被饿死也不肯接济一粒米。听罢众人控诉，铁拐李怒从心头起，口念一诀，给雷家所有宅院上了闭门闩，不让雷家人出门半步。七日后，铁拐李回天庭汇报江南灾情，恰好听到江南的土地神上奏，说是雷引村一户厚道人家不知被哪路神仙上了闭门闩，全家三十余口尽被饿毙家中……铁拐李闻言，急忙赶到雷引村雷家查勘核实，发现饿死的雷家人腹中全是稻草和炕土，原来雷家早就绝粮数日。被余姓人蒙骗的铁拐李恼怒不已，当即口念一诀，惩罚雷引村的余姓人家上不为官，下不中举，仁人绝户，君子不出，世世代代鸡鸣狗盗行骗为生……

　　我用一周时间，把盘算几个月的计划列出来，并与阿宣反复推演，又补上几个漏洞。定稿之后，我们俩最后确认了一遍计划，随后删除所有文件，并将笔记本电脑格式化，不留任何痕迹。接下来，学计算机专业的阿宣被派上大用场，按照我拟好的计划，他需要编写一个模拟数字货币投资平台。在野鸡大学学到的东西很有限，好在阿宣有悟性，加上他有很强的学习能力，参考国外几家数字货币投资平台操作模式，开始没日没夜地编程。陆紫缨则每天买菜烧菜整理家务，对我和阿宣的事情从来不多问一句。闲暇时，陆紫缨也会陪我爬山或者散步，当然都是我主动叫她陪我的。初见陆紫缨时的那股体内乱流还在，时不时就会涌动一番。后来，我逐渐确定这股乱流是性欲，大概是因为我许久不碰女人的缘故吧。

　　我问陆紫缨："常春藤被查封，三年来一分钱工资没有，你为什么还要坚持为客户服务？"

　　陆紫缨大概是怕说错话，迟疑了会儿，说道：

"常春藤是我大学毕业后的第一份工作，这五年的光阴比我四年大学还开心，即便是警察给公司贴上了封条，我依旧不愿意相信常春藤是一个骗局，更不愿意相信自己给骗子打工五年……所以，我一直在心里暗示自己，肯定是滕总遇见困难，他迟早会渡过难关，有一天堂堂正正回到常春藤，把所有钱还给客户。"

那天晚上，我和陆紫缨再没说话，我们俩一前一后爬上山，又一前一后下了山。从陆紫缨身上，让我看到人们是多么善于麻痹和欺骗自己，人们只相信自己一厢情愿的事情，拒绝反思。不反思怎么会有反省，不反省更别提忏悔，这也就是为什么有些人会反复上当受骗。众生皆愚，众生可怜。

7

北方袭来第一股寒流的时候，阿宣编写的数字货币投资平台完成。经过几轮模拟测试，我要求的功能基本具备，只是页面显得简陋。阿宣说骨架是正确的就可以了，页面装饰容易弄，等他慢慢拾掇。接下来，阿宣马不停蹄地飞了一趟波多黎各，然后从波多黎各辗转去了英属维尔京群岛，这里是全世界骗子的天堂。每天，全球各地来路不明的巨额资金汇集于此，然后再从这里的银行洗到世界各个合法账户上。阿宣此行的目的，就是要在维尔京群岛开一个银行账户。临行之前，我还给阿宣安排了一项工作，招募五十名微信群管理员，月薪暂定两万。阿宣说这个事情简单，整日里抱着手机聊微信还能月入两万薪水，在当下一天就能招来两亿人。我叮嘱阿宣不可大意，不要指望每个人都能像陆紫缨一样忠诚，但至少也要讲职业道德，宁要十个蠢的，不要一个奸的。

雷引村在外面做局行骗的人，都称是在外面"做生意"。做生意就需要帮手，主事的人便会从雷引村找帮手，因为他们信不过外地人。在行骗的人眼里，这个世界上只有两种人：秧子和骗子。因此，雷引村的人都有强大的防范心理。"生意"做大了的人，回到雷引村找帮手也不是随随便便抓几个人，而是仔细斟酌反复掂量。太聪明的人不要，太奸猾的人更不能要的，便是所谓宁要十个蠢的，不要一个奸的。大多数"生意"都有一定套路，帮忙的人只负责其中一个环节，主事的人掌管全局。遇到聪明奸猾的帮忙人，用不了多久，就能窥探到"生意经"，偷走"手艺"不说，另立门户就会成为竞争对手。每逢过年，在外面"做生意"的人回到雷引村，相互间一打量，便知道对方今年赚没赚钱，赚了大钱还是赚了小钱。在外"做生意"的人们会相互试探，打听对方做的行当。但是，能够说真话的人少之又少。大多数在外做生意的人都是打个哈哈，自谦一声"倒腾小买卖，赚点白粥钱"。

在外做生意的人也有讲实话的时候，讲实话是因为要找合伙人，而不是找帮忙的。例如阿宣，他就属于我的合伙人。找合伙人就得跟人家说清楚生意的行当，看人家愿不愿意跟你合伙。说实话也只说三分，留下七分，算是"生意"的核心机密，就算是亲爹亲爷也不能全盘托出。但是，我跟阿宣的合伙关系不是这样的，每回我都会列计划，有时候还做成PPT，务必详尽地告知阿宣"生意"的全过程。有一回，我把要做的局的详细计划列出来，阿宣感叹道，你应该去做编剧。

雷引村其他在外面做生意的人，逮住一个局就会无限循环做下去，做到全国尽人皆知，才肯罢手。我不是，我做的局从来不会重复，不重复别人，更不会重复自己。我记得这句话好像是一个姓余的二流作家说的，没错！我做的每一个局都是一个精彩的故事。不谙此道的作家，就算是想破脑袋也写不出我做的局。

雷引村在外"做生意"找合伙人，大都会找村里的本族宗亲。宗亲里若是没有合适人选，才会找姻亲合伙，姻亲毕竟是外姓外族。我大哥也是一个例外，他在外面"做生意"多年，没有找帮手也没有找合伙人，全凭他一个人单打独斗。所以，没有人知道我大哥做的是哪个行当的"生意"。

大哥长得很帅气，个头虽然不是太高，但是皮肤白净，有一双剑眉，还有一个高挺的鼻梁。大哥从小就鼓励我多读书，他说读书就像是演戏配行头，读书读得越多，行头就越好看。大哥读过高中，在雷引村可以跻身"知识分子"行列。单独的"知识分子"头衔，在雷引村连个屁都不是。雷引村最体面的事情，便是在外做了"大生意"，还要在村里翻新旧房修造庭院，庭院里要有影壁墙，还要有养锦鲤的鱼池，鱼池里还得有太湖石假山，最好假山上还有罗汉松。我们家的旧房子是大哥翻新的，他高中毕业就外出"做生意"了。起初两年，大哥在东莞帮人家看场子。最早，是看夜总会的场子，后来又去看赌场。再后来，大哥自己"做生意"了，一年就把我们家的破败房子翻新了。那一年过春节，雷引村在外面"做生意"的体面人都回来了，免不了喝酒和赌博。那个时候，我还小，我听余三叔说，大哥喝酒不行，但是赌博却是一把好手，正月十五还没过，就把村子里的体面人赢了个底儿掉。雷引村的体面人都说大哥抽老千，甚至还特意组了个局，派上十几双眼睛盯着大哥的一举一动。余三叔说，那是雷引村空前绝后的一场豪赌，大哥在众目睽睽之下，卷走了一干人的三十多万元，没有露出丝毫破绽。后来，我听雷引村的人说，那场豪赌就是余三叔组织的。再后来，我问过余三叔。余三叔矢口否认，说那是好事的年轻人组的赌局。至于是哪个年轻人组的局，余三叔没有说。

那是我最后一次见到大哥。他凭借一己之力，不仅还上了父亲欠下的赌债，还给家里翻新了旧屋。破五那天，大哥偷偷塞给我一千块钱的红包，叮嘱我不要让爸妈看见，让我自己留着当零花钱。那个时候，大哥在我心里就像男神一般尊贵，抽烟的时候尤其潇洒，用他那戴着镶宝石大戒指的左手甩开 Zippo 打火机，点燃香烟后猛吸一口，在吐出一口浓浓烟雾时，"咔哒"一声弹指合上 Zippo。那一年正月十六，大哥临出门时对爸爸说，等我再回来的时候，就把房子装修了，砌上雕花的影壁墙。我记得很清楚，大哥用他的新皮鞋的脚后跟跺了跺脚下的泥土，说在这儿挖个鱼池，养上一池子锦鲤，换换咱家男人的风水。大哥说这番话的时候，俨然一副大家长的姿态，我爸爸抽着大哥的中华烟，一个劲儿地点头。那一年春节还发生了一件怪事，雷引村十几家破败户，正月十五晚上在供奉诸葛亮的神龛前都发现了一个红包，红包里装着整一万块钱。一时间，雷引村里议论纷纷，有人说万元大红包是诸葛亮显灵，也有人说是雷引村德高望重的余三叔大发慈悲，更有人说是我大哥余经天劫富济贫。听到众人议论，余三叔一副微闭双目高深莫测的样子，既不肯定也不否定。但是，我更相信这件事情是我大哥所为，因为阿宣家也得了万元大红包，我见过红包的样式，跟我大哥给我的千元红包是一样的，红包上写的都是繁体字的"大吉利是"。我对大哥此举更加膜拜，打定主意等他下次回来的时候，要向他问个清楚。

一直到来年春节的大年三十，雷引村的体面人纷纷回来了，独独不见大哥的身影。每逢村里有人问我爸爸，老大怎么还没回来。我爸爸都推说大哥业务太忙，要等初一才能回来。

我们全家人从大年初一一直盼到正月十五，爸爸每天都去村口张望，甚至骑摩托车到县里长途站去候着，可大哥始终没有露面。村子里开始出现大哥的风言风语，这些闲话借着酒局和赌局传播开来，说是大哥学了一身抽老千的技艺，在香港一个大赌局上被人识破后，剁了手脚装进麻袋填海了。前年正月十五晚上收到万元红包的破败户，也大都改了口风，说是万元红包是余三叔大发慈悲。我妈性格泼辣，听到这些闲言碎语后，顾不上体面，在雷引村的戏台上跳着脚骂，骂雷引村人忘恩负义，跟他们那些好吃懒做恩将仇报的祖先没什么两样。我妈想起那个铁拐李的故事，把铁拐李的诅咒骂了一遍又一遍：雷引村的余姓人家上不为官，下不中举，仁人绝户，君子不出，世世代代鸡鸣狗盗行骗为生……我妈骂到嗓子充血失声，直到我三姐把她拖回家来。

正月十六晚上，爸爸对全家人说，已经多半年没有老大的消息，手机号都销了，大概是出事了。听爸爸这样一说，三姐当场就哭出了声，我妈只能捶着墙抽泣，却发不出任何声音。我们家过了一个惨淡的春节，一天到晚没有人讲话，我妈一直到二月二才能沙哑着骂我和我三姐。

许多年过去了，大哥仍旧没有消息，他就像是雷引村的一个传说，再也见不到他的身影。失去大哥，我等于失去一切，大哥是这个家里唯一让我感到有温度的人。如果可以选择，我宁愿失去父母，也不想失去我大哥。其实，我一直坚信大哥会回来，会在下一个春节回到雷引村。回到雷引村的大哥，依旧光彩照人，依旧会把所有体面人赢个底朝天。大哥一定是被麻烦事缠住了脱不开身，等他解决掉麻烦，肯定会衣锦还乡，肯定会大杀四方，肯定会给那十几家破败户再送上万元红包……

我突然想起了陆紫缨，她对我的期盼与我对大哥的期盼何等相似。想到这一层，禁不住对陆紫缨的好感又加深了一层。也许，我和陆紫缨骨子里是一样善良的人。唯一的区别，她是秧子，我是骗子。

这些年来，我刻意在珠三角一带做局，目的就是想打探到大哥的消息。时至今日，仍是没有关于大哥的丝毫消息。

阿宣走后，我和陆紫缨像往常一样生活。她买菜、煮饭、整理家务，我吃饭、发呆、修改完善我的计划。某一日，黄昏时分，北风停了，我和陆紫缨照例去海边散步。那天本应该是爬山，因为我和陆紫缨基本上一天爬山、一天沙滩散步。可那天出门后，我发现陆紫缨没有穿登山鞋，而是穿了沙滩鞋。于是，我们临时改了惯例，又去了海边。陆紫缨的性格便是如此，大大咧咧不拘小节，也会忽略细节。对于我这种能够看清楚针眼儿不是椭圆形而是水滴形的人来说，我宁可自己像陆紫缨那样，活得粗糙一点。也许，我和陆紫缨恰好能够实现性格互补，一个精明剔透，一个大而化之。这些天来，我甚至开始憧憬我们一起建立家庭，还会生几个孩子。但是，对于恪守雷引村老派骗术的我，深知古训不可违：谋财不害命，骗钱不骗情。只要我把陆紫缨当成秧子，我们之间发生了爱情，我便是在骗她的情。可是，如果我把陆紫缨拉进泥潭，我们俩发生了爱情，就属于同流合污了。呸！我在心里狠狠地吐了自己一口：我怎么可以祸害自己喜欢的人呢。

那天傍晚，雾气有些重，两三百米开外的沙滩上什么都看不见。就在此刻，远处从雾中走来一个翩翩青年。相距大概五十米时，我认出对面走来的青年竟然是晏河。空旷的沙滩上，躲无可躲，我只能硬着头皮迎上去。做局一直都让我很有成就感，这种成就感源于智商的优越感，总之，我策划的每一次骗局，都能让我找到良好的感觉。一朝行骗之后，最尴尬也最危险的事情，莫过于他日江湖遇见秧子。好在江湖足够大，我们基本上不会在同一处地方重复做局，日后能够遇见秧子的机会几乎等于零。可事有凑巧，偏偏在这个静寂的小渔村里，遇见晏河。我记得晏河的籍贯是闽东，那么在此处遇见他，也并非意外。严格意义上来说，晏河不属于秧子，而是骗子的帮凶。况且他也没有吃亏，他只为我工作了半个月，我却给"假记者"们发了一个月的薪水，而薪水就是做局骗来的钱。

在相同的距离，晏河也认出了我，他竟然很兴奋地奔跑过来："米总，米总啊！太好了……太有意思了。"

陆紫缨看了我一眼："米总？"

我瞬间调动起全身心的精力，用最真诚的眼神盯住晏河的眼睛，温和地问道："什么太有意思了？"

晏河猛然蹲下身体，然后跳将起来，凌空还踢出一个芭蕾舞的空中击腿。落在沙滩上后，他一个趔趄，差点摔倒。从晏河的面部表情和肢体语言来看，他对我非但没有一点敌意，还有一种故人相逢的惊喜。于是，我稳住心神，等着晏河回答我的提问。

稳住身形后，晏河笑着说："米总，您布的局太周到了，滴水不漏，而且还能全身而退，我太崇拜您了。"

我不知道该如何接这个话题，只好默不做声，用我真诚的眼神看着晏河。等他的身体和情绪都稳定下来，我问他怎么会到这个地方。晏河说他刚刚签约一家三流的影视公司，相当于一纸卖身契，要给这家公司打工十年，只为了争取上戏机会，上戏的劳务费全部归公司所有，自己只能领取每个月的固定工资。晏河还说自己想通了原委，便提出解约，公司倒是没有为难他，只是没有给一分钱工资。跟公司解约后，晏河回老家担心妈妈知道自己失业，因为爸爸去世多年，只有他和妈妈相依为命。有家不能回，马上面临春节，几乎所有单位都不会招聘，就只好一个人到这个寂静的海边小村休闲几日。等到春节临近时，再回闽东老家陪妈妈过年。

晏河说这番话的时候，眼神一直没有离开过我的眼睛，他居然能够用我的方式盯住我的眼睛。他的讲述几乎没有任何破绽，没有破绽的可能性只有两个：要么讲的是事实，要么提前打过无数遍腹稿。如果晏河陈述的是事实，这就是一个不错的邂逅。"不错的邂逅"毕竟是我人生的缺憾，因为我的职业导致我所有意外邂逅都充满了危险。如果晏河提前打过无数遍腹稿，这就是一场灾难，因为他是有备而来。如果真的是有备而来，他是来做什么的？

我的眼神先晏河一步离开，扫了一眼我身边的陆紫缨，看到她一脸平静，眼神目不斜视着海平面的某处，而那里什么都没有，只有天海相接的一条线。晏河是一个几乎挑不出毛病的帅哥，不仅女孩看见喜欢，男人都不讨厌他。陆紫缨的反应为何如此平静，这一点也让我在心里打了一个问号。我把两个人介绍给对方，陆紫缨波澜不惊地打招呼，状态像是在逛菜市场买菜。晏河延续着先前的情绪，略显热情，我想他大概是把陆紫缨当成我的女朋友了。我试探性地迈步往前走去，晏河折返转身，跟着我一同往前走。这就是我要试探的结果，看来他还不想结束这场意外邂逅。

晏河似乎想平复一下心情，故意与我拉开五六步远的距离，我还听见他从口袋掏什么东西。我装作回头招呼陆紫缨，看到晏河双手捂着打火机，正在给自己点烟。陆紫缨走到与我齐平的位置时，晏河也紧赶两步，走到我的身后，对着我的背影说道："米总，我想留下来，跟着你一起做事情、学本事。"

我没有回头："跟着我能学到什么本事？"

晏河跟在我的身后，继续对着我的后背说话："我想跟着你学做局的本事，太完美了，简直就像是一场行为艺术，像一只惊鸿掠过水面，只留下涟漪和倒影，来去无踪，潇洒到极致啊！"

第一次有人赞美我做的局，而他的赞美恰恰与我的意淫相吻合。

我站定身形，转过身去，用我真诚的眼神抓住晏河的眼神，对他说："我不是惊鸿，我是有备而来的猎鹰。"

8

庚子年春节临近时，发生了疫情，是一种新型冠状病毒导致的肺炎。

春节前夕本来是中国人最为忙碌的时段，机场、车站、码头以及各种交通工具里全都塞满回家过年的人。每一座城市里的街道、商场、集市、餐厅全都热热闹闹的，大家像是商量好了一样，铆足劲儿要把过去一年挣来的钱全部花掉。可是，庚子年的春节完全变了。长途客车全部停运，机场大厅甚至可以跳广场舞，火车倒是还在运行，一节车厢里经常只有三五个乘客。即便是三五个乘客，也都是全副武装，从帽子到口罩再到护目镜，把自己捂得严严实实。偶有人咳嗽一声，其他人也会心惊胆战，每一个护目镜后面都有一双惊恐的眼睛。随着庚子年临近，蔓延开来的不仅仅是肺炎，还有比肺炎更加严重的恐慌情绪。

因为疫情缘故，阿宣的妹妹把婚礼推迟了，所以阿宣决定留下来陪我过年。陆紫缨的父母都已过世，无所谓在哪里过年，她说她不想在这个非常时期来回奔波。晏河说他想回家，可是长途汽车全部停运，也无法陪妈妈过年。为此，这个还像个大孩子的青年人居然流泪了。于是，我们四个天南海北不相干的人，在厦门这个偏僻的小渔村里，共同度过了庚子年春节。年三十晚上，陆紫缨做了一顿丰盛的年夜饭，还包了饺子。我很奇怪，一个90后女孩居然这么会做家务。陆紫缨说自己从小就失去了妈妈，为了减轻父亲的负担，只好学着做一些家务活。她不光修好了我的两根登山杖，还把快散架的摇椅也修整如新，尤其是屋门上那对常年凄厉悲鸣的合页，陆紫缨来了三天就不再发出任何声响。总之，与这样的女孩待在一起，让人觉得安逸、踏实。陆紫缨皮肤很白，白到让我觉得她做家务活会辜负白皙的皮肤。可我生性懒惰，又放不下身架来替她做家务，只好忍痛躲进我的房间，不看她忙碌。

　　年夜饭端上桌子，阿宣开了一瓶法国干邑。陆紫缨斟酒的时候，没有给晏河倒酒，只给我和阿宣倒酒。我问陆紫缨，为什么不给晏河倒酒。陆紫缨平静的脸上旋即有些局促，待她捧起酒瓶要给晏河倒酒的时候，晏河迟疑一下，捂住自己的酒杯，说他有哮喘不能喝酒。我的心突然揪紧了一下：陆紫缨知道晏河有哮喘不能喝酒？晏河有哮喘，陆紫缨平时与他交流得知实属正常吧。

　　我能够觉察到的细节，总以为别人也能觉察到。所以，晏河举起装满冰红茶的酒杯与大家频频干杯时，我想他可能是为了掩饰什么。晏河带动了年夜饭的节日气氛，大家说着相互祝福的话，陆紫缨白皙的脸喝成人面桃花，愈发显得娇艳。年夜饭一直吃到午夜十二点，庚子年就这样到来了。等不及收拾餐桌，阿宣就催促晏河去室外燃放烟花。因为我厌恶鞭炮的噪音，阿宣只买了一些烟花。陆紫缨提着两大包烟花，跟着晏河出门的时候，我拦住了她。我从沙发上捡起一件我的卫衣，给陆紫缨披在身上，她冲着我微微一笑，这间简陋的渔村小屋里顿时春光明媚。明明是我给陆紫缨披上卫衣，可她的回眸一笑，竟然让我觉得周身温暖。可见"赠人玫瑰，手有余香"不是一句空话。我赠人卫衣，也是倍感温暖。我们每个人孤孤单单来到这个世界，大都渴望着被关怀、被温暖，可以说，人类最大的情感需求是爱。我每一次做局的时候，都在寻找人性的大多数需求作为突破口，例如贪婪。我很会利用人们的贪婪，所以我能屡屡把人们玩弄于股掌。下一个局，我是不是可以利用人类最缺失的爱呢？不对，我已经给自己做过很多次心理建设：我以后要做一个光明正大的投资人，不再行骗做局了。

烟花拖着长长的尾巴升上夜空，绽放出绚丽耀眼的光彩，就在我感叹这世间片刻美好时，烟花已经消散、静寂，融入黑暗。这一刻，突然让我联想起每一次做局。做局成功的兴奋就如同烟花绽放一般短暂，待尘埃落定后，孤独和失落才是永恒的主题。于是，我便痴迷烟花绽放时的高光时刻，只有无比绚烂的光华照亮我死寂灵魂的那一刻，才能让我意识到自己还活着。我的内心是那么阴暗，可我依旧选择了光明。骗子的生命有意义吗？所有人都是否定的。被世间所有人否定的人生，还有活下去的必要吗？做一辈子骗子，需要一颗多么强大的心啊！余三叔最后几年得了老年痴呆，他忘记了雷引村，也忘记了自己是谁，更记不得一生行骗来的财富藏在何处。据说余三叔喜欢黄金，他把骗得来的钱全部买成金条，藏在雷引村后面的如来山里。村中老者保守估计，余三叔这辈子至少骗来大几千万，上亿也是保不齐的事儿。余三叔老年痴呆后，他的子孙后代倒也孝顺，积极地帮助老人家康复，每天带着余三叔爬如来山锻炼身体。有一年过春节，我在村头看见过余三叔和他孙子阿来。余三叔面容憔悴，两眼恍惚，见到我也浑然不觉。我给余三叔拜年，并往他嘴巴里塞了一支点燃的香烟，他"吧嗒吧嗒"使劲地嘬着香烟，压根没有瞅我一眼。我把一盒香烟塞进余三叔的上衣口袋，还给他口袋里装了一只打火机，余三叔这才冲着我咧了咧嘴，完全是痴呆后的呆滞笑容。阿来手里牵着一根绳子，绳子另一头拴在余三叔的腰上，爷孙俩一前一后上了如来山。望着余三叔蹒跚的背影，我想阿来他们天天牵着余三叔爬山，并非孝心使然，而是牵着一条失去嗅觉的老狗上山找金条。

余三叔最后一次行骗纯属玩票，玩完那一票之后，他才算是彻底金盆洗手，远离了江湖。那一年，我和阿宣考上县里的高中。暑假里，我和阿宣经常缠着余三叔，听他讲些行骗时的离奇故事。暑假临近结束的时候，雷音大集上冒出一家叫花好月圆的旅行社，敲锣打鼓销售旅游产品，华东五市六日游才一百八十元，而且是针对六十岁以上、七十五岁以下的老人。对于有经历有见识的雷引村人，一眼就能识破这是个骗局，因为一百八十块钱还不够六天吃饭的，更别说交通费和四星级酒店住宿费用。而且，这是一个很低级的骗局，无非是低价吸引老年人入团，然后让老年人购物进行补偿。这种小儿科的把戏出现在雷引村，是班门弄斧，也是关公面前耍大刀，是对雷引村的大不敬。于是，村中一帮退隐江湖的老者便心生不忿，决定将这帮人整治一番。

　　下一个雷音大集，雷引村一干老年人在余三叔带领下，浩浩荡荡前往花好月圆旅行社的摊位上报名。花好月圆旅行社的人一看来了如此一个大阵仗，高兴得合不拢嘴，一口一个爸妈叫着给老人们一一录入登记。三天过后，一辆豪华大巴开出雷引村，四十六人的夕阳红老年旅行团热热闹闹上路了。华东五市六日游，花好月圆旅行社倒也兑现承诺，更没有带着老人们去购物。导游小贾是个四十岁出头的中年妇女，每到一处景点，都会善意提醒老人们不要在景区购买旅游产品。雷引村的部分老人开始背后小嘀咕，觉得花好月圆旅行社干的是良心活儿，是自己误解了人家。余三叔冷笑道，天上下雨下雪下冰雹，从未下过馅饼和钞票。

果不其然，五天旅游行程结束，返程的前一天晚上，导游小贾站在大巴车里拿着话筒问大家开不开心、有没有觉得占了大便宜。

余三叔闻听此言，便对身边一老者小声说道："马上见真章了。"

小贾对着话筒，自顾自地说道："在商业社会里是没有便宜可占的，大家都要遵循公平公正的原则，何为公平公正？就是你占了便宜，别人就会吃亏，而占了便宜的人，老天爷时时刻刻在看着你，你今天占了便宜，老天爷让你腿疼，你明天占了便宜，老天爷让你腰疼，早早晚晚都会找回去的。"

小贾指着大巴车前面醒目位置的一台机器，接着对大伙说道："我们这里有一台高科技吸氧机，最近几天余爸爸和宋妈妈头晕乏力，是不是吸氧之后，身体就好了很多？对喽，我们这趟旅行，福多寿牌吸氧机给我们赞助了五十万，合在每个人身上的费用是一万多块钱。而我们呢，不需要还钱给福多寿厂家，大家只要购买一台原价19999元的吸氧机，就算是报答厂家的厚爱了。当然，厂家不会亏待老年人，给你们抹去了整头而不是零头，抹去11111元，所以，爸爸妈妈们只需要花8888块钱，就能把这台救命的机器带回家。"

返程途中，大巴车开进一家破烂厂房里，导游小贾一手拿着刷卡器，一手拿着扩音器，让老人们掏钱购买8888元的吸氧机。此刻，老人们终于确认，这是一个十足的骗局。于是，众人开始抱怨，说是出门没有带那么多钱，也没有带银行卡。

小贾立刻给出解决方案，说是可以打电话给家人，让家人加她的微信，用微信转账，并催促道："大家抓紧时间购买，拿着购买小票才能上车……"

小贾言外之意，不买吸氧机就别想上车回家。一车老人把目光齐刷刷看向余三叔，余三叔微微点了一下头，走到小贾跟前，让她避开众人说话。小贾知道余三叔是这群老人的头儿，便随着余三叔走到无人处。

余三叔问小贾，机器这么大个，每人买一台如何带得走？

小贾说，厂家有货车送货，跟着大巴车一起上路。

余三叔说，别装四十六台吸氧机，装一百台，我负责在雷引村全部给你卖掉，前提是别为难老人们，让他们回到雷引村再付钱。

小贾说不行，万一到了雷引村，大家一起耍赖不要机器了，我们岂不赔了。

余三叔从口袋掏出一张银行卡和一张身份证，递给小贾说："我给大伙儿做担保，这张银行卡上有七十多万，我告诉你密码，你可以在你的机器上查查余额。"

于是，一辆拉着四十六位老人的大巴车和一辆拉着一百台吸氧机的货车上路了。等到两辆车开进雷引村的时候，质监局、工商局和派出所的车辆早就在此恭候多时了。原来，余三叔早就留意大巴车上的福多寿吸氧机了，并发现这是一台三无产品。于是，摆平导游小贾之后，重新上车的余三叔悄悄给阿宣打了一个电话，让他分别向质监局、工商局和派出所举报。

这件事情发生三个月后，又出了一件大事，阿宣某天傍晚被一群人在街上拦住，遭遇一顿暴打，还断了一条腿。余三叔带着我去看望阿宣的时候，复盘了这件事情的全过程，他分析是这伙骗子得知了阿宣报案，才蓄意报复的。就这样，阿宣还未出道，便被人前后打断了两条腿。自此，阿宣的仗义也在雷引村有口皆碑，很多人拉他入伙。

余三叔语重心长对我们俩说："小贾说得没错，大家都要遵循公平公正的原则，老天爷时时刻刻在看着你，你今天占了便宜，老天爷让你腿疼，你明天占了便宜，老天爷让你腰疼，早早晚晚都会找回去的。这件事情，都怪我年老张狂，才生出这个事端来……"

说罢，余三叔给阿宣留下十万块钱作为补偿，略显踉跄地走了出去。

是啊，老天爷一直都在看着我们，早早晚晚都会找回去的……

9

对于晏河的到来，阿宣有些担心。年三十那天晚上，趁着晏河和陆紫缨在外面燃放烟花，阿宣问我，为什么要让晏河介入这么深。我说这次布局不同寻常，战线会拉得很长，也需要得力的人管理那些微信群管理员，不能把所有事情都压在你身上。阿宣说陆紫缨的调查资料还没有到，晏河更要下大力气排查一番。

我端起杯子，喝完最后一口干邑，对阿宣说："他们俩是什么人，现在还不能下结论，但肯定不会是警察。"

阿宣说："我不光是担心他们俩，我还担心这场全球疫情会影响你的布局，尤其是中国股市。"

我说："我反复考量过了，北美股市连续十年上涨，这次全球疫情影响最深的地区也是北美，北美经济一旦受挫，全球的资金总得有一个出口，国内的疫情如果得到很好的控制，那么中国Ａ股势必会成为全球游资的避风港。而且，沪深两市大多数股票已经跌无可跌，没准就此迎来牛市，也在情理之中。"

阿宣说："你讲的是全球大趋势，我担心的是国内股民的信心，他们会不会现金为王，退出股市捂紧钱袋子呢？"

我说："我们做局的人之所以能赢，就是因为我们了解人性有多贪婪。国人喜欢赌博，股市又是合法的赌博场所，疫情把人们都憋在家里，连打麻将的四个人都凑不齐，人们不去股市里释放便无事可做。"

自打阿宣从维尔京群岛回来之后，他的性情变得有些怪异，一会儿全力配合我的布局，一会儿又有些迟疑拖沓。我让他编写一个"国际大数据投资大赛"的投票通道，他已经拖了整整一个春节假期，还没有做完。所谓的"国际大数据投资大赛"，是我布局过程中一个重要的递进环节，因为股民们会质疑我的目的。

做局常春藤的时候，我和阿宣卷走投资者一百多亿资金，但这笔巨额资金全被股市割了韭菜。阿宣曾经为自己的五十亿做过规划，他要去加那利买一个海岛，在海岛上建造一座阿宣城堡。城堡里面要有一架大三角钢琴，因为他要找一个会弹钢琴的女孩做老婆；城堡的花园里要建造一个涌浪游泳池，将来要跟自己的孩子在游泳池里打水仗。阿宣的憧憬也让我很受感动，我甚至也想找一个心爱的女人，就此隐居他乡过世外桃源的日子。都怪我自己一时猪油蒙了心，想尝试着利用常春藤成为一个合法的金融投资人，做一个真正意义上的好人。余三叔说得对，只要一次行骗得手，你就注定一辈子都是骗子。是啊！做个好人哪有那么容易，做一个骗子是我的宿命。降生在雷引村，是一场带有原罪的轮回，我和阿宣都逃脱不掉命运的安排。

我在这个局里有了新名字，叫罗宜修。宜修出自《九歌·湘君》里的"美要眇兮宜修"，意思是美要装扮得恰到好处，这也是我做局的追求。名正则言顺，有了新名字之后，我连续给自己写了几篇"新闻报道体"的美化文章，将罗宜修包装成中国股民的最牛散户，吹嘘是股市年度收益上亿元的炒股大鳄。另外一类文章则是我杜撰的"国际大数据投资大赛"，我罗列了几位耳熟能详的金融专家，"罗宜修"的大名与几位金融专家并列为参赛高手。文章几经修改后，上传至各个金融论坛。阿宜给几家金融媒体的编辑发了过年的大红包，这些媒体的网络版便不问青红皂白转发了我给自己写的文章。春节期间，我开始在百度里搜索"罗宜修"，已经有了几百条相关信息，足够唬住股市里的秧子们了。

秧子的目标早已锁定：各大证券公司资金一百万以上的客户。阿宜在春节后第一个工作日就买到了客户信息数据，虽然花费不菲，但都是货真价实的主儿。客户信息打印出来后，陆紫缨和晏河拍照，通过微信分发给阿宜招聘的五十名微信群管理员，由管理员给客户打电话，拉进各自的微信炒股群。每拉进一名客户，管理员就有一百块钱入账奖励。一万月薪保底，还有人头提成，大多数管理员几乎一天工作将近二十个小时，三天就能拉三四百客户进群。管理员打电话拉客户的时间点，也是经过我精心设计，因为春节期间相互打电话拜年已成为习俗。人们平时会拒接陌生电话号码，而春节期间则会放松警惕，担心错过亲朋好友的祝福。所以，电话接通率非常之高。阿宣给管理员培训时，编了一套拜年以及祝福发财的吉祥话，就算脾气再暴戾的人也不好意思拒绝"发财"。另外一个原因，疫情导致的长假遥遥无期，耐不住寂寞的人们渴望交流。而阿宣招聘的管理员，全都是讲标准普通话的女性，股民的防备心理很容易被瓦解。

管理员建群成规模后，我将每天精心挑选的一到两只股票，通过晏河和陆紫缨发送给五十名管理员，再由管理员散布到各个微信炒股群。每个管理员发布股票代码时，都必须追加一句：罗宜修老师的福利股票来了！

三年来，我跟踪了几百只股票，摸索出来一套独特的K线分析方法，自去年下半年以来屡试不爽。我甚至一度怀疑，自己真的可以依靠买卖股票成为罗宜修，甚至成为索罗斯。我也偶有失手，那就是庄家开始操纵股票的时候，因为庄家手里掌握着足够资金和筹码。而我独特的K线分析方法，只适用于正常的成长交易型股市，不能有庄家操盘或者行政干预。因此，仅仅靠智慧成为不了罗宜修，更不可能成为索罗斯。所以，我的布局计划不变：我必须收回我在股市里的损失，包括利息。

经过反复推演的计划，实施起来非常顺利。大多数发呆愣怔的时候，我都是在脑子里推演我的计划。这个过程很像锻造一把利剑，煅烧、淬火、锤打、定型。如果不在脑子里进行推演，利剑很可能被我锤打得走了形。有了推演，便可将走了形的剑重新回炉，再煅烧、再淬火、再锤打、重新定型。

每个微信炒股群达到五百人上限时，管理员便将秧子导入直播间，因为注册的这个直播间不设人数上限。十几天后，有的微信群管理员已经建了十几个群。导致直播间的股民群体迅速壮大，半个月时间已经聚众将近三十万人。如此快的进度，大大出乎我的预料，泱泱大国、攘攘民众，雷引村的骗子显然不够用啊。

进入直播间需要密码，密码每日申请更换，再由管理员通知到各个微信群。这样不惜繁琐，是为了确保进入直播间的人都是货真价实的股民。凡是进入直播间的秧子，一水儿地情绪高昂，因为他们已经在我每天公布的福利股票中尝到了甜头，对我信任有加。此前，各个微信炒股群里每天"罗宜修老师的福利股票来了"的洗脑，旨在强化对我的个人崇拜效果。此刻，能够进入直播间，亲耳听到我的声音，大多数股民已经如朝圣般地激动起来，满屏滚动的都是鲜花和掌声，甚至有人喊出"罗老师万岁""罗大师与日月同辉"……这一刻，我仿佛就是一个统领三十万大军的将军，刚刚打了一场胜仗，正在接受三军的欢呼。

那一年的春节，大哥在雷引村席卷所有人的那场豪赌，大概就是我现在的心情吧。当你掌握一项技能，将秧子玩弄于局中时，那种智商上的优越带来的快感，简直让人欲罢不能地着迷。为了寻找大哥，我在大学里专门研究过赌博，不管是从技术层面，还是从概率运气层面，都不存在像我大哥那样一面倒的赌博态势。因此，可以断定当年我大哥是作弊抽老千了。明知道有作弊嫌疑，却让整个雷引村的骗子们察觉不到任何漏洞，说明大哥的老千技术已经炉火纯青。但是，让人人都觉得你作弊了，则是策略上的失败，或者说是大哥没有像我一样认真布局。也许大哥自恃才高，觉得没有必要布局，一副"我就喜欢你们知道我作弊，又其奈我何的样子"。是的，大哥失踪肯定是因为他行事太过高调的缘故。为了找寻大哥，我这些年先后去了澳门、广州、深圳和香港，所有的局也是沿着大哥的踪迹行进的。在澳门，我最终打探到了东南亚赌王白伦，而白伦居然就是我大哥的师父。白伦对我大哥非常器重，以为他是可以继承师门衣钵的天选之人，只是需要几场失败来挫一下大哥的傲慢之气。原来，香港那场赌局就是白伦安排我大哥应战的。白伦说，那场赌博是世界级的重量赛事，参赛者不能作弊，纯粹依靠算法取胜。此前，白伦对大哥进行了为期半年的算法训练，说他的算法已经接近世界一流水平。仅仅是接近世界一流水平，是无法在这样的比赛中取胜的，白伦之所以派大哥参赛，目的就是让他在失败中认识到天外有天人外有人。说到此处，白伦长叹一声，说你大哥偏偏是好胜之人，不想输掉任何一场博弈。因为这等规模的赌博，是不准携带任何私人物品入场的，例如眼镜、打火机、戒指，白伦说这些物品都有反光面，赌桌上有多少反光面，等于赌博的人就有了多少双眼睛。白伦还说，进入这个赌场的安检，比乘坐飞机还要严格。因为参与赌博的人必须先沐浴更衣，换上专门的短袖浴衣和短裤，除了身体发肤不能携带任何身体以外的物品。一位西班牙赌博高手，因为做过冠状动脉支架手术，通不过安检，被直接拒之门外。

我问白伦，如此正规严格的比赛，我大哥为什么会因此失踪呢。

白伦用他那双纤细白嫩的手，从沙发上抱起一只浑身斑点的阿瑟拉猫，一边抚摸，一边说道："你大哥知道此去必输无疑，便在十个手指上涂了一层透明指甲油……"

10

　　直播间里的股民已经超过三十万，三十万人在股市里的资金量加起来至少三千亿，三千亿则是沪市瓶颈期一整天的成交量。这么大的资金量，足够任何庄家胆战心寒。只要我能够拢住这三十万股民，绝对可以在股市上掀起滔天巨浪，前提必须得到这三十万股民的充分信任。万幸的是，中国股市如我所料，除了春节开市首日惨跌后，接下来呈现放量上涨的大好局面。已经连续半个月，我每天都在直播间里给三十万股民讲解股票如何买卖，售卖重点是我的独特K线分析方法，股民们根据我自设的红黄线买卖股票，半个月盈利均在15%以上。每天下午两点半，我准时进入直播间，这个节点距离股市闭市还有半个小时，我会对当天股市以及热门股票走向做分析。在接近两点五十分的时候，直播间里的热情会到达高潮，因为我要公布一只走势不错的股票。这些股票基本上都处于蓄势待发阶段，任何一点风吹草动都可能成为起飞契机。当这只股票代码最后一个数字从我嘴里说出来之后，平时对我一片阿谀奉承的家伙们连个赞都来不及给我，三十万股民便会蜂拥而去挂单，而这只股票也会在瞬间拉一条直线涨停。这一刻，我的心情无比激动，因为我在见证自己创造的历史。接下来，直播间里满屏都是鲜花爱心和恭维话，这些肉麻的溢美之词让我深窥人性的贪婪。我想，掌控别人命运的感觉也不过如此，怪不得那么多人都想做皇帝，这种感觉真的爽到极点。

接下来的一周，下午公布股票代码，晚上两个小时授课，从无间断。一周下来，五只股票平均盈利6.7%，几乎没有失手。每天晚间八点准时开课，直播间就设在我的卧室里。陆紫缨烧菜的手艺非常好，因为晚上的工作强度大，所以她的晚餐都会比午餐更丰盛。我口味比较重，她能把每一道海鲜都做成酱爆辣炒。尤其是辣炒濑尿虾，一只濑尿虾两刀三段，经各种调味品腌制半个小时后，热油爆炒，辣椒的辣、花椒的麻、豆瓣酱的醇香尽入虾中，能让我比平时多吃一碗饭。饱腹之后，我会去院子里散步十分钟，思考一会儿上课的内容。等我再次回到客厅，陆紫缨已经撤下残羹冷炙，沏上温润的水仙岩茶。三杯热茶喝下，油腻感旋即被抑住，我端起陆紫缨为我泡制的枸杞胖大海茶饮走进卧室，开始我晚间授课。我讲课的时候，阿宣、陆紫缨和晏河全都守在客厅里。他们也在直播间里，不间歇地引导舆论走向，时不时地诱导众股民喝彩叫好喊口号。一天晚上，终于有股民发声质疑，一个叫"我也是余欢水"的股民问道：罗老师每天不辞辛苦讲课、发布福利股票，目的是什么呢？

其实，潜伏在直播间里的阿宣、陆紫缨和晏河都可以提及这个问题，我之所以要等股民们自己提出来，就是要等疑问发酵到最佳节点。因为一个股民的疑问代表众多股民的疑问，此刻应对准确，便能确保整个人群的行进步伐，我将其称为"人群疑问效应"。

我于急速的滚屏中抓住"我也是余欢水"的提

问，喝了一大口茶饮后，答复道："终于有朋友问我这个问题了，说实在的，我每天把精心研究的股票提供给大家、每天晚上为大家讲解股票，我的确是有私心的。我参加了'国际大数据投资大赛'，这个投资大赛不局限于股市，有效参赛项目是证券、基金、期货、数字货币、贵重金属五个领域。比赛的第一阶段，主要看我个人投资盈利能力，全国选出十六强。在这个阶段，我个人投资盈利能力占比50%，剩下的50%则是诸位朋友的投票。我希望在'国际大数据投资大赛'投票通道打开的时候，大家能够发动亲朋好友一起为我投票。"

接着，一位叫"优派股民"的提问道：国际大数据投资大赛结束，罗老师是不是就不再给我们讲课了？

我知道这个"优派股民"就是阿宣，赶忙回答道："'优派股民'真是先天下之忧而忧，天下没有不散的筵席。不过，一是我们这个'国际大数据投资大赛'持续时间将近一年，在这一年时间里，我将会承诺大家在股市里的盈利达到25%。二是'国际大数据投资大赛'的八进四阶段，需要八个参赛者每人带领一个百人团队参与投资，我个人的投资盈利与我的百人团队投资盈利各有40%占比，另外的20%还是需要大家给我投票，以此决定八进四名额。另外，我在此宣布，凡是能够进入我的百人团队的股民，我将会带领这一百人把炒股进行到底，直到我罗宜修金盆洗手。"

这个诱饵实时地抛出，惹得直播间的热情一浪高过一浪，众股民纷纷询问什么条件才能进入我的百人投资团队。这天晚上，直播间的峰值最高点是三十五万人。

针对如何进入我的百人投资团队，我以话术架构答案，说道："富贵险中求，任何投资都有风险，股市里只有操盘的人，没有操盘的神，索罗斯走麦城的案例数不胜数。所以，要想进入我的百人投资团队，你们必须信任我，疑人不信，信人不疑。我会在长达一年的'国际大数据投资大赛'中，考验大家的耐心、恒心和信心，在比赛结束后筛选出一百位股民，进入我的永久百人投资团队。"

这是一场不平等的对话，因为我掌握了话语权，三十多万股民只能以文字形式提出疑问，而我只选取我想看到的提问。这些提问，有的是在我的节奏掌控范围内，有的是我的卧底阿宣、陆紫缨和晏河的提问。这场博弈，相当于我自说自话。因此，我在其中进退自如，游刃有余。

周六是我的休息日，陆紫缨从外面带回来一只大龙虾、一只帝王蟹，还有众多应市小海鲜。因为疫情缘故，海鲜市场早已关闭。阿宣问陆紫缨从哪里搞来的海鲜，陆紫缨得意地笑着，说是她侦查到渔民和海鲜商贩开辟的地下海鲜交易市场，比正规海鲜市场价格还便宜五分之一。我把菜金直接用微信转账给陆紫缨，我一次性转给她五万块钱。陆紫缨说买菜花不了这么多钱。我说不能只吃青菜白饭，我们所从事的是高强度的脑力劳动，要补充足够的高质量蛋白。所以，陆紫缨不惜重金采购，每天都会给我们惊喜，居然连地下海鲜市场都摸查到了。她有时候也在网上采购作料和酒水，但是收货人用的是化名葛久财，收货人电话则是阿宣用假身份证办理的号码。

周六的晚餐，陆紫缨提议喝红酒。见我和阿宣不反对，晏河便起身打开两瓶奔富389，一起倒入醒酒器中。忙碌了整整一周，大家难得轻松一下，我们四个人一晚上喝掉五瓶奔富389，晏河只喝了小半杯。

此番做局，前期投入成本较大，目前已经接近两百万。但是相较于最后的收获，做局初期的成本几乎可以忽略不计。晚餐临近结尾时，陆紫缨喝干酒杯里最后一口红酒，两颊绯红带酒意。

陆紫缨双手捧着硕大的空酒杯，看着我的眼睛问道："米总……或者我该叫您一声罗总，我一直不想打碎您在我心中的形象，但是我不能稀里糊涂地生活，所以，我想问一句，我们现在做的事情，是不是在复制三年前的常春藤？"

陆紫缨问完这句话，晏河也暂停手中的电子游戏。我想，晏河心里应该清楚我在做什么，因为他找到我，就是想成为另一个我。阿宣则谁都没看，自顾自地把玩着手中的打火机。

我也端起酒杯，喝完杯中的酒，对陆紫缨和晏河说道："没错！这是我的职业，也是我的擅长。每个人都有自己擅长的一面，幸运的人能够找到自己的擅长，不幸的人则只能在错位中沦为平庸。没有人生来想做骗子，可是，如果你今生唯一擅长的是骗术，我又有什么理由辜负这份上天赐予的天赋呢？"

说这番话的时候，我的眼神始终没有离开过陆紫缨的眼睛。当我把话说完时，陆紫缨的眼神一闪，一泓泪水溢出眼眶，跌落在高脚杯里，我甚至能听见泪水触碰到杯底的"叮咚"声。

陆紫缨松开雪白的牙齿，放下紧咬的下嘴唇，哭腔中带着怨气，问道："你在回答我这个问题前，有没有想过我的感受？"

我起身拿起五斗橱上的威士忌，给自己倒了一杯，一口喝干后，一股火辣辣的热流从口腔窜入胃中。

我转过身来，对着陆紫缨说道："我用了三年时间，在揣度你的感受，一位服务于骗子的忠诚员工，如何才能让她不受伤害。于是，我策划了另一个骗局，我将把这个骗局骗到的钱，用来弥补常春藤的损失，尤其是要抚恤那两个自杀的投资人的家属。这样，我就能重回常春藤，做一个堂堂正正的金融投资人，也成全了你陆紫缨对常春藤的一腔赤诚。"

陆紫缨的情绪有些失控，她的泪水止不住地流出来，晏河给她递过去一把纸巾。

我能够理解陆紫缨的感受：她的坚持和信仰在这一刻彻底坍塌了。

陆紫缨擦干眼泪，抬起头来看着我，眼神里满是幽怨，她问道："你用一个骗局去弥补另一个骗局，一辈子行骗吗？"

我说："这仅仅是伪君子和真骗子的区别。往小处说，网络上那些贩卖心灵鸡汤的人被你们奉为大师，赚得盆满钵满，你们还趋之若鹜。还有那些遍地的气功大师和养生专家，不仅骗你们的钱，还侮辱你们的智商，你们却从不抱怨。往大处说，上世纪八十年代一万块钱能在北京买一套四合院，你如果把一万块钱存进银行里，到现在本息加起来不超过六万块钱，在北京买不到一平方米的房子，而今一套四合院却价值一个亿，也不见你们指责过银行是骗子。"

白伦一边抚摸着怀中的阿瑟拉猫，一边讲述我大哥最后的消息。讲述到紧要关头，大概是他手上用力过大，他怀里的阿瑟拉猫突然发出一声凄厉的惨叫，龇着牙露出一脸凶相，并挣扎着跳到地上，愤愤地跑出客厅。

我问道："我大哥为什么要在手指上涂透明指甲油？"

白伦说："新涂的指甲油反光度非常高。"

我说："您刚才说，利用对手身边的反光物体可以看到对手的牌，我大哥的指甲油涂在自己手指上，如何用来发觉对手手里的牌呢?"

一位管家模样的男士走上前来，给白伦递上一根剪好的雪茄，并打开喷火火机，给白伦点燃雪茄。白伦收缩本就干瘪的两颊，反复猛吸几口，大团烟雾在客厅里弥漫开来。最后一口烟雾，白伦让它在口腔里停留了很久，他用鼻腔深吸一口气后，才缓缓吐出一口浓郁的白色烟雾。我端起杯子，呷了一口苏打水，耐心地等待着白伦的雪茄秀。

白伦轻咳一声，说道："你大哥失踪后，我曾经前往香港，到赌博现场实地查验，坐在你大哥的座位上之后，我才明白他涂指甲油的用意。正式赌博之前的晚上，参加赌博的选手会进入赌场，进行三十分钟的场地适应。随后，所有选手的通信工具上缴组委会，下榻入住组委会严密监控的半山别墅，当然，别墅房间里的电话全部撤掉。后来，我发现这栋别墅房间里除了提供必需日用品外，还有几样简单的女性化妆用品，其中包括一小瓶透明指甲油。你大哥不愧是个赌坛奇才，他能够在极端环境里，利用意想不到的因素为自己创造作弊条件。因为每个赌桌上方都装有四个方位的监控摄像机，你大哥心里清楚摄像机镜头能够反射每个人手中的牌，但是因为距离太远看不清楚。所以，他给自己涂上指甲油，通过指甲油造成的反光面，近距离观察摄像机镜头里的反射影像。"

我紧张地咽下一口口水，问道："后来呢?"

白伦说："后来，你大哥接连拿下两轮比赛，他每次要牌的时长大大短于算牌的时长，而这种比赛没有人敢靠运气要牌，所以，他很容易被人判定为作弊。于是，组委会的高级专家全员到场，监督你大哥的参赛过程，他涂的指甲油又如何能够躲过赌场猎犬的眼睛，就这样，他的千术被人识破了。"

我愈发紧张，问道："再后来呢?"

白伦说："你大哥被组委会的赌场猎犬带走，关押在一间禁闭室里。第二天有人看到禁闭室的门被毁坏，而你大哥也就此消失得无影无踪。"

11

投票环节果然出了纰漏，"国际大数据投资大赛"投票页面不仅寒酸，而且投票通道瞬间堵塞。直播间里的股民都有疑问：怎么投不了票？

先前，我对阿宣制作的投票页面提出很多修改意见，但他似乎有些懈怠。虽说群众的审美可以忽略不计，但是过于简陋的投票页面会给股民心里形成草台班子的不良印象。现在进入实操阶段，不仅投票页面没有多大改观，连投票通道都堵塞了。我强压住心火，在直播间耐心引导股民，并声称要与组委会进行沟通。晚上十点授课结束后，我对阿宣发了一通脾气。我发脾气的时候，陆紫缨和晏河悄无声息地躲进各自的房间。阿宣辩解说，泰国那边条件好一点的主流网站基本都被禁了，二三级网站中有安全协议备份、可访问且未被安全系统监测到的，大都是体量小，服务器都存在TPS问题。而这些小网站前端网络带宽不够，它们的服务器支持不了异步消费，也解决不了TPS的吞吐量，我想躲避监控追踪才是我们的重中之重，所以通道性能只能这样了。

阿宣说的是实情，我们的确无法搭那些国内正规网站的车，因为分分钟就能被锁定位置。我问阿宣要处理方案。阿宣说前端带宽只能承受一秒钟十个投票量，多余进来的投票只能在后面排队，所以投票没有显示。我让阿宣不要跟我扯技术，赶紧给我出解决方案。阿宣说没有解决方案，只能在直播间号召秧子错峰投票。

为了应付投票，这个环节持续了五天，最后的投票量是273981票。投票代表信任度，换言之，这三十五万股民中有78%的人信任我。而在我的计划里，这个百分比只要超过70%，就可以顺利往下推进。这天晚上，我彻夜工作，把计划中的时间线重新做了调整。因为我的原计划是用一天时间进行投票、取得数据。但是投票通道不畅，多浪费了四天时间，我接下来的节奏肯定要做相应调整。做一个骗局就如同在写一首交响乐，骗局的创意相当于交响乐的主旋律。在主旋律的基础上，我慢慢完善和声、对位、曲式、配器，最终写成一份乐谱。在每一个骗局——也就是每一首交响乐里，我都会化身成五线谱，掌控着每一个音符。阿宣是音符，陆紫缨是音符，晏河是音符，三十五万股民也是音符。待曲终人散时，绝大多数音符都会化作悲哀的呜咽，因为它们失去了五线谱。

周末的晚间授课时分，我故意迟到十分钟。进入直播间后，我先以轻松口吻解释我迟到的原因，告知大家今天是我太太的生日。生日晚宴刚刚结束，我的妻子正陪着两个儿子在吃生日蛋糕。我还描述了给太太买的生日礼物，是一条玻璃种水头很重的翡翠项链。接着，我给股民编撰了一个浪漫的爱情故事：妻子是我的高中老师，比我大五岁，在我爱上她五年之后，也就是我大二的时候，才鼓足勇气给妻子写了第一封信，也是我的第一封求爱信。她犹豫了很久，才给我回了一封拒绝信。对一个隐忍五年之久的男孩子来说，除了勇往直前追求自己的爱情之外，其他什么事情都不重要。于是，我以每周一封信的频率，给我妻子写了整整两年信。就在我大学即将毕业的时候，我收到妻子的第二封信，她说她下个月即将结婚，还邀请我参加她的婚礼。在完成毕业论文答辩的第二天，我便回到家乡，得知我的妻子真的要结婚，对象则是我高中的体育老师。接下来，我度过了人生最煎熬的一个礼拜，妻子的婚期就像我的刑期。我甚至开始诅咒我的体育老师去死。可是，体育老师非但没有死，还在结婚前一天晚上来找我了。他说他看过我给他未婚妻写的所有信件，他还说他根本不爱他的未婚妻，因为他爱上了别的女孩。后来我才知道，体育老师爱上的女孩是县委书记的千金。我当时像是抓住了一根救命稻草，我问体育老师需要我做什么。体育老师说希望我能去跟他未婚妻谈谈，劝她放弃他，也放弃明天的婚礼。体育老师还说，如果我能够说服他的未婚妻，他可以给我十万块钱。那一刻，我像是一个在死刑执行前，有机会为自己辩解的死刑犯。我步履轻盈得像是在飞，飞到了我妻子家中，看到她正在镜子前试穿婚纱。我把体育老师的话转述给了她，她笑靥如花地安慰我，让我端正心态去寻找属于自己的幸福，压根就不相信我说的话。最后，我拿出体育老师给她写的一封信，她读完之后，趴在梳妆台前泣不成声。就这样，她哭到了天亮，我也在旁边守候到天亮。天亮时分，她抬起头对我说她不想活了，因为她用了全部青春来等待这场婚礼。这时，我突发灵感，我说这场婚礼还在，我来做你的新郎怎么样。说完这句话，我们俩对视好久，最后拥抱在一起。我发疯似的奔出她家门口，在十字路口找到等我回话的体育老师，把我疯狂的想法告诉他。体育老师差点给我跪下，他激动得语无伦次，一蹦三跳地蹿回家给我取他结婚穿的西装。

讲完我编撰的故事，直播间里一片赞叹和感慨，众股民对我的执着大加赞赏。这也是我编这个故事想要达到的目的。其实，授课就是打造我自己人设的过程，我的人设是坚韧、可靠、执着、踏实、智慧、悲悯的好男人。周末晚课结束后，我伸着懒腰走出卧室。阿宣和晏河已经回了各自卧室，客厅里只剩下陆紫缨一个人，她用一种怪异的眼神看着我。我问她怎么了，是不是我哪里不对劲儿。

陆紫缨摇了摇头，答非所问道："你刚才讲的你和你太太的事情，是真的吗？"

我笑道："我哪里来的太太，都是我瞎编的故事，骗取股民信任的。"

陆紫缨轻轻地摇了摇头，眼睛里闪过一丝失望，她望向窗外的黑夜，喃喃地说道："你本可以做个好编剧。"

不知道为什么，我从陆紫缨身上能够感受到一种特别的气息，似乎是一种安逸或者安全的气息。我心里非常清楚，一个能够做局的高级骗子的致命处就是感性。因为，做局的每一步，都需要数据和理性支持。所以说，感性是我们这一行的职业大碍。同样因为职业原因，我缺乏安全感。睡觉的时候，我会反复确认门锁，还会在门与门框间贴上一片创可贴，醒来后也会在第一时间确认创可贴是不是还粘连着门与门框。不是每一个骗子都能像余三叔一样得到善终，绝大多数骗子的结局，要么像大哥一样消失，要么锒铛入狱。我的结局会是什么样子呢？人人都是向死而生，所以，人人都希望得到善终。

余三叔便是以善终结束了他的骗子人生。余三叔被他的儿子和孙子当狗一样遛了两年多，终于再也爬不动山。听我爸爸说，余三叔临走前那几天，天天哭天抹泪，一天能哭湿一个枕头。最后一天，余三叔突然像正常人一样讲话了。他拉住我爸爸的手，央求我爸爸去找派出所的白警官。白警官是雷音派出所一个老警察，曾经因为打击行骗处理过余三叔，还差一年就要退休。白警官来到之后，余三叔忽然间神志清醒起来，他让白警官靠近说话。白警官耐着性子俯下身来，余三叔断断续续地说道，他在如来山揭谛岭上最粗的一棵白皮松下埋了金条，他要白警官替他挖出来，尽数捐给福利院。

　　说完，余三叔便闭上了眼，再也没有睁开。

12

受美股影响，中国Ａ股连续两天回调，直播间里的情绪也不似以往热情。失去热情也就罢了，还有人开始说怪话。一个叫"巴彦"的股民，直接质疑：罗老师，你天天不辞辛苦给我们讲两堂课，难道仅仅就是为了让我们投票吗？

另一个叫"义勇之师"的股民，紧跟着质问道：我跟着你买的股票被套了，损失你得赔我，我觉得你就是替庄家忽悠我接盘的骗子。

这些变化都在我的预料之中，因为股民就是这样现实，今天赚了钱，可以跪下来叫爷爷，明天赔了钱，就能站起来骂孙子。

我抓住"义勇之师"的质问，打开我自设的 K 线分析图，毫不留情面地批驳道："两天前，我明确无误地警示过大家，未来两天将迎来回调期。而且，我的 K 线分析方法也进一步得以印证，红线接近通道底部买进，黄线接近通道顶部卖出。两天前，黄线冲击到通道顶部，我已经在两天前的晚课上反复强调'卖卖卖'，如果因为你没有听课，我可以原谅你。如果你听课了，今天还跑来砸场子，对不起，我要把你请出我的直播间。因为，我罗宜修决不跟不讲道义的人为伍。"

其实，我一直在等"巴彦"的疑问出现，如果仅仅为了投票，我下如此大的气力的确会让人质疑。巴彦的疑问就是标准的"人群疑问效应"，因为在巴彦质疑之后，后面紧跟着无数质疑声。小骗子遇到质疑声，便会心慌失据。而我遇到质疑声，却十分欣喜。因为质疑声也在我的设计中，而且我需要层层递进的质疑。

此刻，晏河在直播间以"过河卒子"的名义，适时提问道：罗老师，您的 K 线分析法有没有说明文档，我觉得这个 K 线参考太神奇了，我很想学会。

我提高音量，在直播间里说道："'过河卒子'想问我要K线分析法说明文档，这是我的研究成果，我享有知识产权，我已经毫无保留地讲授了，消化不了是你的问题。"

　　直播间留言区里，迅速滚过很多条索要K线分析法说明文档的股民，群氓就是这么容易被煽动。透过电脑屏幕，我似乎能够看见直播间里一张张贪婪又从不独立思考的丑脸。他们每个人手里仿佛拎着一把铁锹，穷尽一生只有一个目的，就是四处攫取财富。因为他们脑袋里装不下任何情怀、理想和信仰，所以，随便一个骗子煮一锅吐过口水的鸡汤，都能被这些人奉为信仰。他们以为买卖股票是个脑力活儿，因此自己也变成了有脑子的人。可怜的人们，他们怎么会明白这一切的虚幻和不真实呢。当我像一座金矿一般出现后，他们剩下的唯一思考就是质疑，而质疑一旦被消除、被翻转，所有人都会变成待宰的羔羊，只等我手起刀落。

　　接下来，我又闲扯了几句疫情对股市的影响，待到直播间里索要K线分析法说明文档的民意沸腾时，我才说道："刚才是跟大家开个玩笑，我罗宜修是那么小气的人吗？在此郑重地告诉大家一个好消息，包含我的K线分析法和量比选股法在内，历时三年写就的《股道人生》马上就要出版了，当然价格也是不菲，每本书定价是298元。"

直播间留言区里一片哗然，如我所期，果然有人开始怀疑。

一个叫"余未来"的股民留言：狐狸的尾巴终于露出来了，原来是一个卖书的。

一个叫"我是夏始之"的股民留言：我们直播间里有三十多万人，这个账你们自己去算吧。

一个叫"范华阳"的股民留言：一本普通的书才卖三五十块钱，这本书居然定价298元！

也有偏向我说话的股民，我想这些人还算有良心，因为按照我的技术指标操作，直播间里几乎没有亏钱的人，即便是最近连续几天回调。这帮优质股民的资金户都在一百万以上，盈利几个点便赚几万块钱，自己掏腰包298元买一本含金量极高的股票书，就开始抱怨和不满。

偏向我说话的股民，叫"宋博衍"，他留言道：这不是一本普通书，是能够指导你立竿见影赚钱的书，别说二百九十八元，就是两万九千八也值得！

网名"幺鸡"留言道：罗老师带着我们大家都赚钱了，我们花三百块钱买他一本有用的工具书，这个没有任何问题吧？

一个叫"宋雨田"的股民留言：你们赚钱了，我没有，我跟着罗老师买股票以来，赔了将近十万了，我凭什么买他的书。

"傅嫣然"回击宋雨田，留言说：根据罗老师的指导思路，群里绝大多数都赚钱了，你倒赔十万，只能说明你的智商不适合炒股。

接下来，"宋雨田"和"傅嫣然"相互谩骂许久。看到两个人不堪入目的粗俗字眼，我觉得这一轮舆论发酵已经够了火候，便开始往下一轮带节奏。

我喝下一口陆紫缨泡制的茶饮，朗声说道："庚子不易，诸位因为我，才凑到同一个群，也算是前世的缘分，我真诚地希望大家且行且珍惜。"

留言区里安静下来，为我点赞的人越来越多。

我接着说道："我们因为股票结缘，始于股票，但是不要止于股票，我希望我们中间有很多人因为这一场相识，最终能成为人生的朋友。我们的眼界和格局也不要仅仅停留在赚与赔，在人生中还有很多远比股票买卖更有意义的事情。此时此刻，因为这场突如其来的疫情使得全世界华人更加团结。企业家出钱，科学家出方案，医生、护士、军人、建筑工人出力，我作为炎黄子孙的一分子，每天都在关注雷神山医院的工程进度，我不能出力出方案，但是我至少可以献出一份真情。"

在雷引村老人骗子那里，有一个不成文的说法，骗富不骗穷，骗穷穷一生。

余三叔时常感慨，如今的骗子不遵守行规、没有道德底线。所以，我把我今生最后一次行骗做局的秧子，设定为资金量在一百万以上的股票账户。当下刨去买房、教育、养老和医疗等刚需支出，还能拿出一百万去炒股的人，非富即贵。骗子的老祖宗肯定是个注重心理建设的人，他在给自己增设束缚的同时，也让自己心安理得地去行骗，甚至还会美化自己行骗。例如，雷引村的老派骗子大都会施舍穷人，或者资助那些刚刚入道的低端小骗子。余三叔晚年时分，给我和阿宣讲的最多的就是他的徒弟阿泽。阿泽祖籍惠州，是个孤儿，在福利院长到八岁。大概是因为阿泽长相猥琐，一直无人领养。男孩子到了八九岁，基本上就不会有人领养了。于是，阿泽逃离福利院，开始在江湖上以乞讨偷窃为生，一混又是七八年。机缘巧合使然，在佛山做局的余三叔遇见了行窃的阿泽。阿泽因为偷了半只烧鹅，正被店家的伙计们围殴。伙计们日常受够了店老板的气，整日里无处发泄，今天终于逮到了倒霉的阿泽，招呼出去的拳脚全都铆足了劲儿。长一双斗鸡眼的伙计，连续踢了三脚，每一脚都踢中阿泽的私处。众伙计们一直打到阿泽躺在盲道上不再抵挡，也不再抽搐。矮小黑瘦的店老板呵斥伙计们住手，他担心伙计们下手太重，闹出人命来不好收拾。一个长相肥胖的伙计，操着一口牙碜的不标准普通话的伙计给站在一旁的店老板出主意，说往阿泽鼻子里倒上芥末油，保他立刻活蹦乱跳。矮小黑瘦的店老板骨碌碌地转着一双金鱼眼，拿不定主意是给阿泽灌芥末油，还是打电话报警。就在这个时候，余三叔扒拉开众伙计，俯下身来探出手，把中指食指伸到阿泽的鼻孔下，大拇指却轻轻地搭在阿泽的脖子上。

站起身后，余三叔对店老板说，得饶人处且饶人，这个年头还有人偷一口吃的，你们就不觉得他可怜吗。店老板没有回话，眼巴巴地瞅着余三叔，似乎想知道阿泽是生是死。余三叔叹一口气，说这孩子死一半了，再不送医院抢救，估计挺不过今天晚上。店老板不是很相信余三叔的话，他也蹲下身来，试探一下阿泽的鼻息，脸上顿显凝重，脸色愈发黢黑。转而用一双金鱼大眼望着余三叔，似乎要向这个陌生人讨主意。余三叔看了一眼躺在盲道上的阿泽，犹豫片刻后，对店老板说，你给我一万块钱，我来帮你送医院料理。店老板转悠着大眼珠子，在地上跺了两脚，转身进店取回来一沓钱。店老板把钱塞到余三叔手里，又抽回去，他对余三叔说，你拿了钱，这事儿就跟我无关了。余三叔说一言为定，我把这孩子扛走，绝不再回来扰你。店老板再次把钱塞进余三叔手里，又再次抽回去。这回，他瞪大金鱼眼问道，你们俩该不会是一伙的，演这出苦肉计来骗我钞票吧。余三叔闻听此言，转身便欲离去，且掏出手机来，说你们不信我的话，那我就替这孩子报警了。说完，余三叔果真拨打了110，并打开免提，让店老板和伙计们都听到接警女警的声音。店老板赶忙夺过余三叔的手机，对着电话里说是误拨误拨，接着便挂断电话。

店老板第三回把一万块钱塞进余三叔手里，没再抽回去。余三叔攥着一沓钱，敲打着店老板的肩膀问道，这回信我了吗？店老板沮丧地点点头，转身一脚踢出去，正好踢中斗鸡眼伙计，他的两个斗鸡眼瞬间分散成正常眼距。此刻，另一个伙计恰好捏着芥末油瓶跑过来，店老板迎面给了他一拳，芥末油瓶跌落在阿泽蜷曲的身体上。

快步走上台阶的店老板转过身来，对着几个店伙计骂道："我丢扯雷！你们几个水货，这个月的奖金和提成通通扣掉，赔偿我的损失！"

余三叔背着阿泽，走过街角，走进一处街心公园，把阿泽放在公园一张连椅上躺下。见到阿泽依旧一副不省人事的样子，便从口袋里掏出刚刚一个伙计丢掉的芥末油瓶，拧开瓶盖对准阿泽的鼻孔，嘴里念叨道，看来不给你灌点芥末油，你还要没完没了了装死。闻到芥末油后，阿泽睁开眼睛，急忙坐起身来。阿泽问余三叔，我练过龟息功，你怎么知道我是装死。余三叔笑了笑，说你的龟息功没有练到家，颈动脉上的脉搏强劲有力，就算自己想死都难。阿泽瘫坐在连椅上，一脸挫败。余三叔问阿泽，练就了这身本事和演技，没少挨揍吧。阿泽愤愤地望着远处，没有理会余三叔。余三叔接着说，要想活下去，你得练就一点真本事，就算是偷也是讲究技巧的，你那么偷东西跟抢没什么两样儿。

闻听此言，阿泽眼睛里有了光彩，他问余三叔："你是道上的老荣（小偷）？"

余三叔摇摇头，说道："我瞧不上贼，我是道上的老合（骗子）。"

阿泽撇了撇嘴说："老合瞧不起老荣，乌鸦嫌猪黑。"

余三叔说："小偷靠体力，骗子靠脑力，劳心者治人，劳力者治于人，这个道理你应该懂得。"

看到阿泽不言语，余三叔接着说道："刚才看你装死，觉得你有几分天赋，你要是不嫌我是靠脑子吃饭的，我就收下你这个徒弟。"

阿泽没再犹豫，当即站起身跪了下去，对着余三叔磕了三个响头。

13

我在耐心等待"人群疑问效应"发酵，等待直播间三十多万人都误以为我要贩卖《股道人生》赚钱的时候，我突然宣布："我要免费送给大家这本书。"

这天晚上，我在直播间里尽情地享受着群氓哗然，还有山呼海啸般的赞美。这份赞美意味着众人打碎了自己的质疑，还有什么比自己消除自己质疑更有力量的翻转呢。我期待着人群产生质疑，他们的疑问都是我设计的。当质疑发酵到一定程度，我设计的翻转便会适时出现，让秧子自己消除疑问和疑虑。因此，在我的布局里面，质疑是通往高潮的阶梯。

在宣布免费赠书时，我又设计了另一步"质疑阶梯"，我说接受免费赠书是有条件的，那就是你必须为疫情进行一次公益捐款。这个"质疑阶梯"陷阱是这样架构的：让所有人怀疑我是打着公益募捐的旗号敛财。为了让所有人确信我要打着公益募捐的旗号敛财，在第二天晚课时分，我郑重承诺会把所有人的捐款一分不少地捐给红十字会，还会如实地出示捐款凭证。因为直播间里的股民只知道自己的捐款数额，但是不知道我究竟能够收到多少善款。如果我收到一千万捐款，只给红十字会捐出五百万，也不会有任何人知晓。如此一来，三十多万股民会笃信，我以赠书之名进行的募捐，最终会达到名利双收的目的。

果不其然，直播间里开始有人不咸不淡地留言：罗老师如果把募捐来的钱全部捐给红十字会，那赠书的快递费岂不是要自掏腰包？三十多万人可不是一笔小数目支出呀。

这是一个非常好的疑问，我差点给这个叫"有头型没发型"的家伙点赞，因为他质疑得合情合理。接下来，我给了秧子三天情绪发酵的时间，自顾自地讲我的股票课。这三天发生一个变故，中美贸易再次开战，美国出台一个高额的惩罚性关税征收方案，导致中国股市再次下挫。我的罗氏K线分析法，怎么可能把特朗普的脑回路设置为条件因素呢。现代科技互联网的壮大和发展，使得如今的世界变得越来越小，也让人们的关系变得越来越近。谁会想到，一个不着调的美国总统的颐指气使，会影响到一个中国的骗子。好在我的罗氏K线技术指标有独特抗压性，不管是在上升还是下降趋势中，买进卖出的指标提示都是稳健可靠的。这三天，我打破常规，在直播间里从股市开盘到闭市，进行了全程直播指导。依靠红黄线的上下波动，我在直播间里亲自指挥股票的高抛低吸，总算在这一轮股市下挫中抢回来四个点的赢利。

三天过后，股市趋于平稳，而我利用募捐达到名利双收的"人群疑问效应"也发酵到恰恰好的程度。

当所有股民笃定我的阴暗心思时，我在第四天的晚课时分，再次抛出一颗重磅炸弹，我宣布："经过我慎重考虑，我决定不过手一分善款，所有人可以通过微信和支付宝，直接向红十字会捐款，只要你把捐款成功的截图发给我，我便赠书给你。而且，我不要求你们的捐款数额，十块二十块一百两百一千两千一万两万全凭你自己做主。就算你捐助一块钱，我也照常把价值298元的《股道人生》赠送给你。而且，我自己来承担所有快递费用。"

直播间里的股民瞬间蒙了，他们自以为识破我"名利双收"的伎俩，而且十分笃信自己的判断。就在此刻，我的重磅炸弹引爆，任何秧子的脑袋都承受不住这个当量的冲击波。待他们醒转后，迫不及待地打开微信和支付宝，开始为红十字会捐款，并把自己捐款成功的手机截图上传直播间。绝大多数人的捐款数额超过298元，甚至还有捐款两万元的优质秧子。

我及时进行制止，在直播间警告道："请大家注意保护好自己的隐私，捐款截图和快递地址、姓名、电话发给微信群的管理员。"

我的《股道人生》在闽北一家私人印刷厂已经上版，只等各个微信群统计数额，然后立刻开机印刷。因为用了最便宜的纸张，每一本书成本控制在七块钱左右。第二天，各个微信炒股群的数据汇总到陆紫缨那里，总共需要快递出229761本《股道人生》。快递费是阿宣与快递公司谈的价格，每份快递低至六块钱，基本与书价持平。两项相加，将近三百万元的支出。快递公司直接与印厂对接，我只管付款。支付完三百万元，我们上一次在广州做局骗来的钱，基本消耗殆尽。

晚餐前，我让陆紫缨和晏河尽快通知各个微信管理员，将群中没有捐款、没有提供快递地址的人踢出群，并从直播间里删除这些敏感人群。晏河说这不是一个小工作量，差不多有十万人。我说这个比例符合"三一定律"，这三分之一是定时炸弹，必须尽快剔除干净。

晚餐吃的是红烧石斑鱼、藜蒿炒肉、炖三鲜、蒜蓉菜心、冬笋腊肉汤。晏河吃完一碗米饭后，自言自语念叨："骗子印一本亲自写的书，快递给秧子，真是大开眼界啊。"

陆紫缨不无担忧地说："没想到，做骗子的成本还这么高，这些钱怎么收回来呢?"

阿宣呷一口法国干邑，咂吧着嘴，笑道："这是做局的核心机密，现在还不能透露。"

阿宣身上总有一种脱不掉的土气，即便是三千多一瓶的法国干邑，他也能喝出二锅头的状态。

陆紫缨只吃了小半碗米饭，便把碗筷推了，她轻叹一口气，像是在自言自语："国家疫情这么严重，我们还在做这样的勾当，这不就是在……在发国难财吗？"

我当即否定陆紫缨，说道："二十三万人捐款，就算人均捐款三百元，这笔善款就有七千万，做事情要看到阳光的一面，即便我们是人人唾弃的骗子。"

晏河放下碗筷，问道："就算我们做的是慈善事业，是不是也该控制一下成本呢？"

我笑着对晏河说："做局都需要成本，但是要把钱花在刀刃上。这笔巨额支出，不仅能够消除所有秧子的疑虑，还拿到了最终会进入圈套的秧子的地址。有了他们的地址，即便是有人中途识破我的骗局，他也不敢站出来砸场子，因为我掌握着这些人的家庭住址。"

我第一次见阿泽，是在余三叔退隐江湖五年后的春节。

阿泽是个孤儿，过年也没处去，便来陪他师父余三叔。阿泽留短发，短得只有韭菜叶子一样宽。他的短发与一双眯缝小眼和稀疏眉毛很般配，低调且不张扬。但是眼睛以下的阿泽变得夸张起来，先是红红的酒糟鼻子煞是醒目。然后是外翻的鼻孔，远距离看上去，会恍惚觉得阿泽脸上长了四只眼睛。最让人焦虑的，还要数阿泽的嘴巴，厚厚的嘴唇都无法遮盖他两颗不安分的龅牙。阿泽看上去要比实际年龄成熟，谁都不会相信长着这张拧巴脸的人还不到三十岁。阿泽有一个特长，特别会说话，每一句话都能说到点上，不仅让人听着舒服，还会让你觉得他特真诚。

那一年的正月初一，也是雷引村重要的日子，村人不仅要祭拜祖先，还要祭拜诸葛孔明。祭拜祖先去家庙或宗祠，嫌弃家庙和宗祠拥挤的，便去祖先的坟墓前烧香磕头。祭拜诸葛孔明则是各回各家，各家佛龛里没有佛祖也没有菩萨，没有财神也没有关公，一水儿都是手摇羽扇的诸葛亮。关于雷引村从何时起尊诸葛孔明为神，已无从可考。大概觉得诸葛亮能够骗天骗地骗鬼神，骗人更不在话下，所以孔明先生便成了雷引村人人敬仰的祖师大神。祭拜完祖先和祖师，已是晚上，我和阿宣前后脚进门，去给余三叔拜年。余三叔一手捉住我们一个，生生拖上餐桌，让我们加入他和阿泽的对酌。酒至半酣，四个人已经喝干三瓶茅台酒。余三叔似乎有意显摆，他把话题引到阿泽最近刚刚做完的骗局，还让阿泽讲给我和阿宣听。阿泽伸出舌头舔了舔两颗卓尔不群的龅牙，讲起他在香港的经历。

阿泽跟随余三叔混了三年之后，自觉深得师承，便去了香港讨生活。他先是进了一家拍卖行当学徒，因为没有学历，只能做最低端的体力活。阿泽说他之所以要进拍卖行，是觉得这里进出的都是天文数字的巨款，如果这里面有可乘之机，赚的也是大钱。因为能说会道，阿泽得到拍卖行毛老板的青睐，便时常带着他参与客户的饭局。说话的确是一种语言天赋，阿泽本就能讲粤语和普通话，到了香港两年后居然还学会了英语。虽然他不通语法，但是口语表达基本没有问题。毛老板本就是拍卖师出身，便刻意安排阿泽学做拍卖师，甚至还疏通关系帮阿泽拿到拍卖师资格证。拍卖中，阿泽不仅能够口吐莲花活跃气氛，还能关照到每一位竞价的拍客，让拍客有切身存在感。经过两年职业历练，阿泽对于大场面的把控也能做到挥洒自如，甚至可以把一个简短的笑话用普通话、粤语和英语三种语言呈现表达，每一种语言契入得恰到好处。用阿泽的话说，每一回拍卖都是他的表演时刻，他说自己在用灵魂演绎一个拍卖师。短短五年时间，阿泽成了香港地区小有名气的拍卖师。虽然有了地位、名誉和足够生活的佣金，可阿泽不曾忘掉自己的初心，一个长久酝酿的骗局，在他脑海里逐渐形成了轮廓。

14

　一切如我所料，这场举世罕见的疫情非但没有成为阻碍，反而为我的骗局助力多多。春节过后，绝大多数行业处于停滞状态，唯有物流一如既往地服务，这才保障了我的二十三万本《股道人生》在一周之内全部送达秧子手中。这些日子以来，散步的时候几乎遇不到任何人，路上唯一的身影便是快递小哥。有时候，看着忙碌的快递小哥，心里竟有一股隐隐的感动，是这些身着统一制服的小伙子在告知人：这个世界还在运转。

　等秧子拿到《股道人生》这本书，按照拟订计划，我已经完成所有铺垫。剩下的便是等待一个契机，然后完成最后的收网。按照我多年对股市的研究，这个契机应该不远了，因为股市的每一轮上涨之后，都有一波回调。股市上涨有多疯狂，回调力度就有多凶狠。庄家会借助回调趁机洗盘，接手廉价筹码，将回调转化成再一次盈利的机会。而众多散户则经受不住回调的恐惧，纷纷割肉，因为他们不是投资者，而是投机者。

就在A股酝酿回调时分，美国股市帮我完成了一次神助攻，迎来第三次熔断。A股在内外夹攻之下，一天狂跌一百五十多点，套牢大部分股民。当天晚上的直播间里，三十万韭子更是怨声载道。怨气很快转变成咒骂，先是骂美国股市连累中国股市，接着骂中国股市救市不力，最终骂到我的头上，全然不顾及前几日对我奴颜媚骨的嘴脸。我经常会产生错觉，觉得自己活在一个不真实的世界，因为具备人类正常思维的人，翻脸不可能这么快。我看过川剧里的变脸，演员抬起一条手臂，甩头之际把脸藏于手臂后面，便能完成一次变脸。可是，在现实世界里，抬起一条掩饰的手臂都显得多余。赞美你的语句还不等画上句号，发现自己的利益受损后，瞬间就可以把赞美的句号变成诅咒的惊叹号。多年以来，我大都是站在骗子的维度里俯瞰欲望满满的众生，时常感慨自己幸亏做了骗子。如果不做骗子，我甚至不知道该如何融入人群，离群索居大概是我不做骗子的不二选择。

我没有允许惊叹号在直播间里蔓延，我稍微整理一下思绪，开始了这场长达两个月布局以来最重要的一次翻转。我轻咳一声，对直播间里群情愤慨的秧子说道："疫情导致世界经济下滑、美股下挫、A股受牵连，这些因素的确超出我的掌控能力，但是，我最初承诺大家25%的投资盈利，绝不会改变。"

利益波动是直播间里唯一的风向标，听到我承诺25%的投资盈利不改变，赞美的句号再次淹没三秒钟前诅咒的惊叹号。但是，所有人都不曾听出来，我已经把"25%股票盈利"换成了"25%投资盈利"。此前的翻转加翻转加翻转铺垫，我在剩下的二十三万股民心中已经有了很高的信任度。

果然，一位叫"胭脂水"的秧子首先替我说话了：把疫情和世界经济走势的锅让罗老师来背，你们的脑子是不是进水了？

紧接着，晏河的马甲小号"过河卒子"把我提示风险的截图上传至直播间里。这个提示的确是我两天前用文字发出的，只为截图佐证以便今天使用。在直播间里，我偶尔也会文字留言，要么为了截图佐证，要么就是掩护为截图佐证。直播间里的情绪渐渐转变风向，我再次成为他们赞颂的神。这就是引导舆论的重要性，让秧子忘记思考、失去逻辑。每当这个时候，我便相信作家的信仰：文字是有力量的！因为看到这些溢美之词，我便兴奋，兴奋到上瘾。我搞不清楚，是肾上腺素成为多巴胺的载体，还是多巴胺成了肾上腺素的媒人，总之，这两样东西会让我短时间忘记自己的初心，沉醉在我扮演的角色里飘扬、翱翔。

　　我飞了大概有五分钟，秧子也赞颂了我五分钟，就在他们词穷之际，我使出了杀手锏："这些年，因为干扰股市的因素太多，我便拿出一半精力研究数字货币，并且在数字货币投资方面越来越有心得，最近一年来的投资回报率已经达到45%以上。本来不想让大家参与不熟悉的投资，可是股市的确让我太失望了，所以我建议大家尝试跟着我去做数字货币的投资，我会把对大家的盈利承诺提高十个百分点。关于数字货币的具体买卖，各个群管理员会给大家指导，我在此先把这个数字货币投资平台的运作原理，给你们讲清楚。首先，你们要下载这款交易软件，进行身份注册，注册成功后再捆绑银行账号，方便资金输入输出，就像你现在使用的炒股软件一样，资金进出自由，而且没有任何转账费用发生。这个交易软件与炒股软件的不同之处，是要换算成欧元进行结算，所以，当你转账进去十万元人民币的时候，换算成欧元也就一万元左右，这只是一个换算单位的变化，你不用紧张，因为当你想把账户上的资金转出来的时候，账面上仍旧是人民币数值。我为什么建议大家跟我去进行数字货币投资呢，因为最近的行情基本上只赚不赔，而且数字货币交易的规律是百分之百的中签率，不同的是每一签的购买数量不同……"

阿泽虽然口若悬河，但他嘴角不泛白沫，也不喷唾沫星子，这对一个龅牙仔来说十分难得。我和阿泽、阿宣轮流敬完余三叔拜年酒，已是后半夜时分。雷引村的某个角落时不时会传来几声零星爆竹，强调着过年的氛围。阿泽说得得意，自斟自饮一杯茅台，接着说他在香港的经历。

小有成就的阿泽已经成了佳士得和苏富比两大拍卖公司的常客，经由他手拍出的物品，价值已经累计上亿元了。一个周末，阿泽前去拜见引路恩师毛老板，尝试着说出自己的计划，听得毛老板两眼放光，拍案叫绝。于是，阿泽只身前往山东，辗转去了昶山县，径直奔了县文化馆。原来，阿泽某天在网上看到一幅少女肖像油画。数年来，经由阿泽之手拍卖过的艺术画作不在少数，耳濡目染多了，直观便能评判出油画的优劣。那幅少女肖像油画画工精湛，光线柔和，表达出人物内心饱满的情绪。少女肖像油画挂在一家三流的拍卖网站上，标价八百块钱，两年无人出价。与客服人员沟通并添加微信后，阿泽发了两个五十元的红包，便从那家三流拍卖网站后台拿到数据，得知少女肖像油画作者叫翟国明，在山东省昶山县文化馆工作。找到翟国明后，阿泽差点乐出来，因为翟国明也长着一对龅牙。龅牙也就罢了，为了突出自己的画家形象，年近半百的翟国明还留着一头花白相间的长发，看上去不伦不类不搭。阿泽问翟国明，画油画多少年了。翟国明不无自豪地说，画了整四十年。阿泽又问道，手里有多少画作。翟国明说，大画小画加起来有四五百幅。于是，阿泽提出来去看看他的所有画作。翟国明听文化馆馆长说阿泽是从香港来的，又听他要去看自己的所有画作，大概有一种预感：自己的运气来了。

在县城城乡接合部，有一栋简陋的二层小楼，是翟国明家的祖产，也是他的画室。上下两层楼，包括楼梯上都摆满翟国明的画作。这些作品以人物肖像居多，每一个人物都有自己独特的诉求体现在作品中。阿泽很是开心，他心里很清楚，像翟国明这样水平的画家有很多，但是这个层面的画家能够使自己的作品保持如此稳定性，却不多见。而翟国明从人到画，都是自己想要的那一类。于是，阿泽问翟国明，你的画作一幅卖多少钱。因为得知阿泽来自香港，翟国明便鼓足勇气喊价，要到了三千块钱一幅画。阿泽慢悠悠地修剪着手中的雪茄，而后用防风火机点燃粗壮的雪茄。翟国明不抽烟，也绝对禁止有人在自己的画室抽烟。但是此刻，他却喜滋滋地看着阿泽对着自己的画作吞云吐雾。果然，阿泽没有辜负翟国明，他吐出一口浓郁的烟雾后，对翟国明说道："我出价一百万，买下你的所有画作，从今天起，你的每一幅画作，不管大小，我都以五千块钱价格收购，条件只有一个，你的所有作品只能卖给我。"

翟国明大概以为自己幻听了，龇着龅牙张了张嘴，没有发出任何声音来，他仍旧喜滋滋地看着阿泽的龅牙。这一刻，在翟国明的审美里，龅牙应该有一种慧眼识珠的醇美。

15

晏河略有些失望，说是进入数字货币平台注册的人不足直播间人数的30%。我对晏河说，把买卖数字货币盈利的截图发给管理员们，每天以投资者的身份在群里发布。陆紫缨说很多人还在观望，也有人在微信群和直播间表示疑问。我说布局到了关键时刻，凡是有人煽动负面情绪，立刻踢出去！

其实，30%的注册量早已超过我的期望值。注册后，秧子可以进入平台，直观看到数字货币的盈利状况。当然，所谓的盈利都是假的。我让阿宣把每天模拟交易的涨幅控制在7%—9%左右，当平台连续三天涨幅接近10%的时候，转入资金进行交易的秧子达到八成。此前，我倾其所有，把多年来积蓄的六千多万全部转进阿宣在维尔京群岛开办的银行账户。银行账户捆绑在阿宣编写的数字货币交易平台，所有注册用户的资金可以自由进出。至于用欧元结算，只不过是一个噱头，让秧子觉得这是一个正规的国际交易平台，显得比较高大上。之所以要把我的六千多万转入假数字货币交易平台，也是为了赢取秧子的信任，因为很多人会进来试水，小赚一笔就把资金转出去。等到他们看见盈利的资金真的进入自己国内的账户上，接下来，便会把资金加倍转入阿宣虚拟的假数字货币投资平台。我让阿宣把资金进入"国内账户"的延时设定为三天，三天延时既能体现国际交易的真实感，又可以掩护我们最后收网跑路。果然，第一个交易周过后，绝大部分秧子从数字货币交易平台上转走了资金。虚拟的平台要为秧子们支付将近30%的投资盈利，我的六千万资金几乎被秧子一洗而空。

阿宣、晏河和陆紫缨都很紧张，因为我的六千多万加上秧子投资的两个多亿的资金，周五一天时间便从虚拟的数字货币交易平台上全部撤走。

陆紫缨感叹道："如果秧子不再贪婪，我们岂不是要赔个底朝天。"

我笑着说："如果没有贪婪的人性，这个世界上就不会有骗子。人们总是只看到事物的表象，只会痛恨骗子，而不去鞭笞受骗者的贪婪。"

经过整整一个周末的煎熬，周一晚间时分（虚拟欧洲数字货币交易时间），我、阿宣、陆紫缨和晏河，全都守在电脑前，看着秧子将一笔笔巨额资金转进我们数字货币交易平台，其实也就是我们设在维尔京群岛银行的账户里。从两亿到五亿，再到十亿，最后到二十七亿，激动的情绪溢满这座渔村民居。陆紫缨难掩兴奋，问我是不是该收网了。我说不着急，再撑过这一周，必须收割到一百亿。晏河问道，为什么非要到一百亿才收网。我说，因为我欠了常春藤一百亿，还有两条人命。一时间，大家都沉默下来。

我接着说："雷引村有一个行骗的老规矩，谋财不害命，我现在才明白这个规矩不是为了秧子，而是为了自己，为自己能够日后活得心安。"

陆紫缨抬起头来，眼圈有些泛红，她问道："你这回做局，真的是为了偿还常春藤的损失吗？"

我说："当然是，不仅要偿还常春藤的客户，我还要把常春藤做下去，做成一家正规的投资公司。"

阿宣一直没有说话，他站起来伸了伸懒腰，说道："我们凭什么撑过这一周，秧子如果这个周末再次转账，我们岂不露馅了？"

我看了阿宣一眼，觉得他心情最近有些急躁，对我的决策总是持异议。毕竟有三年不见面了，我想等着这个局收场后，跟他坐下来好好细聊，趁机把我对未来的规划和盘托出，因为我不想此生一直做骗子。人都有向上向好之心，我觉得阿宣也是一样，如果能够做一个体面的、有尊严的正经投资人，谁会提心吊胆去做骗子呢。

我对阿宣说："这一周，把盈利控制在十个点以内。"

阿宣说："就算是十个点，也需要搭上两亿七千万，可我们现在连六千万都没有了。"

我耐着性子，对阿宣说："我赌 10% 的人或者 10% 的资金这个周末不会撤资，正好够二十七亿的十个点盈利。"

阿宣真的有些着急了，他提高音量："这么大的事情，你怎么总是靠赌博来决定？"

我说道："不全是靠赌博，我算的是概率。"

　　阿泽清点完翟国明的画作，全部装箱托运到香港。毛老板在铜锣湾的时代广场租下一个最大的展览厅，举办了为期一个礼拜的"沟通东西方艺术的大师——翟国明油画展"。展会上，翟国明油画的最低标价是一百二十万港币，其中一幅《摊煎饼的老妇》标出两千七百万港币的天价。阿泽搞这个展览可不是自娱自乐，他还花费重金请来京沪粤港四地媒体，为展会推波助澜。翟国明做梦都想不到，自己一夜之间在香港变成了"沟通东西方艺术的大师"，而且一幅画作价值高达几千万。阿泽没有让翟国明出席香港的油画展，大概是因为惺惺相惜，而龅牙相憎。翟国明虽然人没到香港，但是阿泽却为其做了一番包装：自幼聪慧，学习油画。游学欧洲二十年，隐遁崂山二十年。之后厌倦世俗名利，看破人间冷暖，终成沟通东西方艺术的大师。

　　翟国明画展的消息见诸媒体后，阿泽将各种资讯收集归拢之后，一并邮寄给远在昶山的翟国明，并打电话嘱咐，一定低调行事，闷声发大财。挂断电话后，阿泽不甚放心，再次拨通翟国明的电话，叮嘱道：日后若是遇到记者来访，务必按照以上说法应对。身价过百万的翟国明连忙诺诺称是，并承诺决不辜负阿泽厚望。此后数月，翟国明日夜作画，油彩在他眼里已经分解成百元大钞的颜色。阿泽也不曾食言，每收到一幅画作，便给翟国明支付五千元人民币。有时候，阿泽也会敲打翟国明几句：作画要认真，人物要有灵魂，每幅作品画工不能低于十五天，不能只画小幅……

转眼秋天来到，一年一度的苏富比秋拍热热闹闹开场了。此前，阿泽与毛老板做了大量铺垫工作：贿赂估价师、说服拍卖行、寻找竞价的托儿。一幅名不见经传的画作能够拍出五六千万的高价，实在是闻所未闻。拍卖行虽然不明就里，但是能够坐收佣金，也乐得睁只眼闭只眼，管他这位"沟通东西方艺术的大师"是阿猫还是阿狗。

苏富比秋拍的油画专场，由香港拍卖界新秀阿泽担纲执槌。轮到翟国明的《摊煎饼的老妇》亮相时，台上的阿泽，台下的毛老板，加上花钱雇来竞价的托儿，众人齐心协力把价格哄抬到了六千九百万港币。

阿泽最终一锤定音，《摊煎饼的老妇》花落最后一个举牌的毛老板。这一回，无须再去花钱找宣传，国内外的媒体都会盯紧苏富比秋拍，《摊煎饼的老妇》以六千九百万港币成交的消息迅速传遍地球每一个角落。而毛老板的六千九百万港币，则是左口袋进了右口袋，只为苏富比拍卖行支付了佣金。但是，昨天还失意落魄的翟国明，今天却成了一幅画价值六千九百万港币的大师。

16

　　我们的假数字货币交易平台成功挺过了上一周，如我所料，九成秧子转走本金和10%的盈利。而剩下的一成资金，正好够支付10个点的盈利，账面上仅剩下一千多万的资金。上个周末，又是一个未眠之夜。我们四个人守在电脑旁，看着账户上不断减少的数字，我的手心里也冒出汗。当账面上只剩下三千万的时候，陆紫缨紧张到不敢看电脑屏幕，她将一团解压用的"史莱姆"，紧紧攥在手中，捏得"咕叽咕叽"乱响。随后，她站起身来，去院子里来回踱步，一边踱步一边捏着手中的"史莱姆"。阿宣忘记了抽烟，直到香烟烧到他的手指，他猛一激灵把烟头甩到了晏河的脸上。晏河淡然地抹了一把脸，两眼始终没有离开过电脑屏幕，最后喃喃地念叨，太他妈刺激了。的确刺激，如果当时发生透支，只要有一个人转账不成功，直播间便会暴雷，我们长达三个月的布局就会以失败告终，而我仅有的六千万资产也将付之东流。我除了计算出大概率之外，在计划里也有应对和补救措施，那就是将第一个暴雷的人踢出去，再就是关闭直播间，最后则是用假数字货币交易平台设置转账障碍。还好，幸运之神再一次站在我这边，当数字还剩下一千多万的时候，转账停止了，然后就到了交易停止时间，阿宣长舒一口气，关闭了平台交易窗口。

接下来的一周，便是这场布局的决战时刻。

阿宣另外注册了一个直播间，进入直播间的密码每天更换一次，管理员只把密码发给在假数字货币交易平台注册的股民。此刻的新直播间里，只进来28981人。经过无数轮的大浪淘沙，我对这个基数已经很满意了。将近三万个优质秧子，个顶个都是瞪着血红眼睛的赌徒。阿宣、陆紫缨、晏河和众多管理员，不停地把在假数字货币交易平台上的盈利和转入资金的截图上传进直播间，带动了众多秧子纷纷晒自己的账户截图，三十万、五十万、一百万……还有人晒出一千万的转入资金。人们常常惊呼资本的疯狂，其实，归根结底都是贪婪人性的疯狂。

我在直播间里时不时地提醒大家："下周就是国际大数据投资大赛四进二的比赛，我现在的投资回报率得分暂时排名第三，所以希望诸位发动亲朋好友为我投票，争取在票数上占据优势，保我进入前两名。还有，我宣布我的百人投资团队也将在最后的三万人里选出，只要你有能力进入我的百人投资团队，我们就是一家人。除了带领大家进行投资之外，我们每年还将举办一次大型聚会，要求大家带上家属。今年如果能够解决疫情，我把首次聚会地点定在马尔代夫的海岛酒店，你们只需负担来回的机票，七天海岛酒店的费用，全由我罗宜修承担……"

我在卧室里面直播的时候，卧室的房门被轻轻推开，一只手伸进来比量一个"OK"的手势。这是阿宣的手，因为他的中指上戴着一只硕大的白金好运戒指。看到这个手势，我心里终于长舒一口气，因为秧子转入账户的资金已经超过一百亿。这事儿说来真是奇怪，许多人往往对身边人百般提防，却经受不住不曾谋面的骗子的诱惑。

到了周三的时候，我们的假数字货币交易平台里已经累积到一百三十三亿的资金量，远超我做局的预期。我让晏河给管理员每人发了十万元奖金，给晏河的账户转了三百万，给陆紫缨的账户转了一千万，算是他们俩参与这个骗局的分账。陆紫缨说钱太多了，她觉得自己不应该拿这么多钱。我对她说，三年来你对常春藤公司的尽职尽责，这份忠诚度远远超过这个价值。晏河问我，我们的局做完了吗？我说是的，剩下的就是善后和掩盖足迹的工作。

周五那天，当有人从我们的假数字货币交易平台上转走第一笔资金的时候，阿宣设置的预警程序启动，迅速封闭了账户。同一时间，我在直播间里宣布，这个周日我要去北京参加一个秘密金融会议，取消了周日的晚课。

敷衍完网上的秧子，我对阿宣、陆紫缨和晏河说道："从今天晚上开始，咱们分头离开此地，谁去哪里都无须让别人知道。六个月后，也就是农历的八月十八，我们相约在海宁的老盐仓，一起看钱塘江的回头潮，也算是我们重启后半生的一个仪式。"

晏河似乎有些犹疑，他问道："我们的后半生，真的要做正经投资人吗？我对做局才刚刚上瘾……"

我说："我们欺骗了人生，人生也在欺骗我们，这个世界上几乎没有善终的骗子，你还是尽早悬崖勒马，去做个人吧。"

陆紫缨问道："不做骗子，人生就能得以解脱吗？"

我对她说道："你们可以，我已经晚了……因为我身上背负着人命。"

陆紫缨接着问道："既然无法解脱，那你还想重启自己的下半生吗？"

我没有迟疑，回道："是的，苦难和无奈才是生命的恒久主题，人生横竖都是受苦受难，但是如果不背负良心的欠债，至少还能走得轻松一些。"

陆紫缨临走的时候，她问阿宣要了一份常春藤公司客户投资的明细表。阿宣问她要这个做什么。陆紫缨说，你们不是准备重新做常春藤吗，我想用我那一千万先行支付客户的投资收益。阿宣犹疑着望着我，我默默地点点头。

我本以为陆紫缨会跟我说点什么，我也做好了她来跟我说点什么的准备。我甚至想好了，在她流露出依依惜别之情的时候，我就上前拥抱她。不是轻轻拥抱，也不是礼节性告别拥抱，而是把她紧紧地拥入怀中，让她有充分的包裹感，感受到我浓浓的爱意。如果陆紫缨没有抗拒，也没有挣脱我的怀抱，那我就会吻她，舌吻。舌吻至一分钟后，她若是不推搡开我，肯定会以舌相迎。那么，接下来肯定会上床。与陆紫缨上床，是我做局之外唯一想干的事情。这些日子，实在过得太紧张了，紧张到让我忘记本能忘记性欲。一夜缠绵过后，我大概会调整我的计划：带上陆紫缨另寻一处僻静之地，过上半年颠鸾倒凤的快活日子，细心地品尝爱情的滋味。半年后，大家相聚海宁，在重启下半生的时刻，没准我会宣布我和陆紫缨的婚期，因为她已经怀上了我的孩子……我在无比美妙的憧憬中睡去。

等我醒来的时候，陆紫缨、晏河和阿宣已经离开了，只剩下我一个人站在院子里发呆，心中怅然若失。

我是最后一个离开的人，望了一眼这栋蛰居三年的房子，心中感慨万千。凭我的智商和情商，本可以早些回头，我做的每一个局都可能成为转身的节点，为什么偏偏要等到出了人命，我才肯收手呢？

我给房东在桌子上留下十万块钱，足够十年的房租。在我锁上房门的那一刻，屋里只剩下碎纸机还在"吱吱"粉碎着文件。

有了苏富比秋拍背书，翟国明的四五百幅画作水涨船高，一夜间都成了千万元以上的稀世珍品。毛老板和阿泽凭借多年拍卖艺术品的经验，深知内地富豪们缺乏艺术欣赏水准，但是为了保住手中的财富，纷纷热衷于艺术品投资。借助手中的人脉资源，阿泽和毛老板抓住苏富比秋拍的余温，迅速为内地富商举办了一次翟国明油画专场拍卖会。在这场专拍会上，阿泽只拿出翟国明八幅画作，他不可能告诉世人自己手里有四五百幅翟国明的作品。八幅翟国明的人物肖像油画，最终以一亿九千两百万的总价全部成交，买主全都是内地的富商。专拍会场也有几个衣着得体的白人，他们都是阿泽雇来举牌竞价的。等到这一年结束，阿泽和毛老板前后搞了五场翟国明作品的专场拍卖，赚得盆满钵满。阿泽已经懒得关注自己账户上的数字变化，他斥巨资五亿港币在浅水湾买下一栋半山别墅，并按照严格的赌场设施进行装修，因为阿泽的兴趣转移到了另一个领域。

阿泽暂时没有说自己的"新兴趣"，而是说起了翟国明。这位从未离开过昶山的二流画家，却成了"沟通东西方艺术的大师"，此刻自是另一番光景。先是各级文化官员前来索要画作，从县里一直到省里，都说要保留一幅当地艺术大家的画作。接着，地方官员也来要画作，也是从县里一直到省里。翟国明倒是一个守规矩之人，他苦口婆心地跟各个级别的官员解释，说自己已经跟经纪公司签约，所有作品都要交给经纪公司。还说自己如果私自卖出一幅画，便是违规行为，会面临巨额赔偿。官员嘴巴一撇，说没有人要买你的画，你画画也没有成本，直接把画送给我就不违约了。翟国明毕竟是一个从事艺术创作的画家，他的身上还有一些艺术家桀骜不驯的特质，尤其是得知自己的身价在香港价值六千九百万港币之后，这些昔日高攀不上的官员如今在他眼里已经不算什么东西了。拒绝大大小小所有官员之后，他在县文化馆里已经没有了立足之地，翟国明便愤而辞职，回到老家桃花坞村，过上了传说中的田园生活，一边隐居一边为阿泽画画。但是在网络普及的世界里，已经再也没有世外桃源了。

　　翟国明刚刚搬回桃花坞，已经离婚十三年的前妻带着十六岁的儿子找上门来，说是要跟他破镜重圆。前妻当年也算是昶山长相出众的文艺女青年，因为看中翟国明的画家光环，两个人便走到一起。小县城里的饮食男女，婚后的头等大事就是生孩子。儿子出生后，生活中的日常琐碎逐渐多起来，妻子没有过上她向往的文艺生活，翟国明也失去了原有的创作空间。于是，他们俩也像更多的饮食男女一样，为柴米油盐酱醋茶计较，为厚此薄彼争风吃醋吵架。妻子嫌弃翟国明不会赚钱，文化馆的工资不够买画布和颜料。翟国明抱怨妻子不懂艺术创作规律，不支持他的艺术创作。于是，两个人渐行渐远，妻子最终上了酱菜厂厂长的床，跟翟国明离婚。十几年过后，谁曾想到翟国明一幅画抵得过昶山首富的全部资产，因此，主动找上门来的不仅仅是前妻和儿子。随之而来的，还有一干远近亲戚。有些远亲，翟国明只听父母说起过，却从未见过面。这些亲戚来到桃花坞串亲戚，目的只有一个，就是借钱。说是借钱，谁都没打算还钱，因为翟国明随便拔根汗毛都比昶山县首富的腰还粗。翟国明好面子，尽量满足亲戚们的要求，因为他一幅画的确在香港能卖六千九百万港币。众亲戚们唯恐落人下风，远亲担心翟国明把钱全都给了近亲，近亲担心翟国明把钱全都给了至亲，有很多亲戚干脆在翟国明家住下，看护着翟国明，也看护着翟国明的钱。一个开五金店的亲戚，自作主张给翟家的院墙上拉上了铁丝网，还炫耀说铁丝上全是三角倒刺，一钩一片皮肉。一个会泥瓦匠的亲戚，私自在砖墙上凿开一个窟窿，说是要把保险柜镶嵌进墙壁里，外人如何都找不到。

亲戚们尚未打发走，桃花坞的乡亲们又登场亮相。年龄稍长者，来到翟家诉说自己当年如何关照翟国明的父亲，说是当年困难时期，自家省下两个窝头才救活翟国明他爹。翟国明无奈，全部按照父亲救命恩人的待遇，相赠红包酬谢。与老者们相比，桃花坞年轻一代便没有那么讲究，这些人直接上门说自家经济困难，要求翟国明接济。翟国明听了心中来气，你家里经济困难与我何干。可这些号称经济困难的人，拿不到钱决不走人。翟家本来就住着若干打秋风的亲戚，如何再抵挡这些无赖乡亲，翟国明只好咬着牙继续发红包。

翟国明一边气恼父老乡亲的贪欲，一边扼腕叹息自己签了卖身契。半年前，他对阿泽还感恩戴德，觉得阿泽是他艺术生涯里的伯乐。半年后，翟国明转变了想法，他觉得千里马就是千里马，生来就是一匹千里马，阿泽只是一个黑心肠的伯乐，用一头瘸驴的价格签下一匹宝马良驹。这半年以来，翟国明处处以"一幅画六千九百万港币"行事，早就把阿泽"低调行事闷声发大财"的叮嘱忘得一干二净，一百多万的卖画钱已经挥霍殆尽。不甘心被"压榨"的翟国明，决定拿起法律的武器捍卫自己的权益，一纸诉状递交到了法院，起诉阿泽和香港的经纪公司欺诈。这桩官司一来二去打了将近一年，阿泽提高了"翟国明作品专场拍卖"的频率，将手中的四五百幅画作尽数出手。法院最终判决翟国明败诉，但是法官收了翟国明一幅画，便当庭做了调解，帮助双方解除契约。阿泽没有犹豫，当庭签署了解约文件。在法庭审理过程中，吸引来了多家媒体关注，众人逐渐搞清楚阿泽的运作手段，全部见诸报端。

翟国明拿到解约文件后，接下来一年没有卖出过一幅画，哪怕他每幅画降价到了一万块钱。

17

　　告别罗宜修，我又变回余经纬。做回余经纬的我，便不再神秘莫测，而是要融入人间烟火。避风头当然不能回雷引村，我只身一人去了西安。许多年前，我就对这座千年古都心生向往，却一直无缘际会。

　　每次做完局，我都会做回原来的我。我并非对原来的自己有多满意，我只是不想总做骗子。所以，我觉得我的身体里有两个我，一个是秧子余经纬，一个是骗子余经纬。做秧子余经纬的时候，内心是踏实的，那些一辈子做骗子的人，无法体会踏踏实实睡觉是一件多么幸福的事。等秧子余经纬在酒店里幸福地睡足一个星期的觉，虚无感就会重新上头，骗子余经纬开始鄙视秧子余经纬。秧子余经纬的人生实在乏善可陈，如果不是骗子余经纬帮他骗钱，秧子余经纬不但住不起五星级酒店，还会像那些在街头扎堆等待打零工的人一样，一样的平凡、一样的操劳、一样的焦虑、一样的无奈。骗子余经纬享受做局的成就感，秧子余经纬喜欢平凡的安全感，两个人在我的身体里相互鄙视，乃至仇视。随着矛盾加剧，我能感觉到，两个余经纬都想打败对方，乃至杀死对方。有时候，我甚至能够经常听见两个余经纬的对话：

秧子余经纬：早晨看曙光，黄昏看夕阳，这样的日子不香吗？

骗子余经纬：我不做局，你整天喝西北风，还有心情看曙光看夕阳吗？

秧子余经纬：我可以去打工赚钱，至少不必提心吊胆生活。

骗子余经纬：凡所有相，皆是虚妄。提心吊胆生活和踏踏实实生活，都是幻象，都是虚妄。还是随心随缘，遵从内心的召唤，不要拘泥于表象。

秧子余经纬：内心召唤你去做局，但是没有召唤你去谋财害命，常春藤闹出两条人命来，也是幻象和虚妄吗？

骗子余经纬：这也是我内心的隐痛，我一直秉承雷引村老派骗术的信条，谋财不害命，骗钱不骗情，谨慎又谨慎，谁知道还是闹出人命来。

秧子余经纬：那就收手吧，趁现在还来得及。

骗子余经纬：晚了，我已经背负上了两条人命。

秧子余经纬：弥补先前过失，不再去骗人，也许可以得到救赎。

骗子余经纬：算了吧，收起你的虚伪和自私，你把内心的煎熬和痛苦一股脑推到我头上，以达到逃避责任的目的，你就是一个彻头彻尾的伪君子！

秧子余经纬：唉！你就那么喜欢钱吗？

骗子余经纬：是你需要钱，因为钱才能给你安全感。

秧子余经纬：你做局行骗难道是为了我吗？

骗子余经纬：你以为呢？

……

做秧子的时候，的确让我没有成就感。在无法享受成就感的日子里，我要努力做好一个普通人，一个心里充满阳光的平凡人。在酒店里，在大街上，在遇见任何陌生人的时候，我都像一个绅士一样谦卑，并报以真诚的微笑。用了半个月时间，我游览完了西安所有名胜古迹。剩余的时间，我便无所事事。白天的时候，我会在西安街头漫无目的地闲逛。我甚至换上一身休闲运动服跑步，跑步时路过打零工的聚集地，看到等活儿的工人在赌博炸金花。我站在赌局外围观看，还参与了一回，输了一点小钱，因为工人赌的数额非常小。融入街头赌局，跟着工人吆三喝四下注，我竟然毫无违和感。不像我大哥，我在赌博方面毫无天赋，十赌九输。好在赌注小，每天输赢最多三五百块钱。偶尔赢过几回，我也会把赢来的钱分给输钱最多的人。于是，我成了这个民工集散地最受欢迎的人。打零工的人就像走马灯一样，遇到有人雇工，他们便舍我而去，赌徒变成了工人。干完一天苦力活，第二天又会聚集到炸金花的赌局上，工人又变成赌徒。在这帮打零工的人里，有一个细高个男人叫"撸子"（音），他自始至终没去打工，天天都在跟我一起赌博消遣。我问撸子，是做哪个行当的。撸子说他是做泥塑雕刻的，专门为寺庙塑造佛像金身。撸子还说自己年轻时的梦想是做个雕塑家，可是岁数越大距离雕塑家越远，最后连老婆都弃他而去。一旁有个干瓦工的男人笑话撸子，说他觉得自己是个艺术家，放不下身段跟他去做泥瓦匠，庙里的神像佛像十年二十年也坏不掉，撸子也就一直没活干。另一个中年木匠给撸子出主意，让他以后把佛像神像造得糟烂一些，三两年重修一回，这样就有活干了。撸子"呸"了木匠一口，说赚了钱，造了孽，还不如赌个小钱心里踏实。这一天，我把赢来的钱全都给了撸子，还请他吃了两大碗水盆羊肉。

夜晚是我最难熬的时刻，我便换上西装，去逛各色酒吧。一杯威士忌灌下去后，我的自卑感便蠕动进十二指肠以下，任何美女我都敢上前搭讪。搭讪成功也不意味着就能上床，我们还会深入了解彼此的三观、性格以及情趣。因为这个世界上有趣的人少之又少，遇到有趣的人，我也会倍加珍惜，生怕她以为我是一头精虫上脑的野兽。珍惜到最后一刻，甚至不想上床了，只想聊友谊。大概对方觉得我也是有趣之人，我们就会把彼此喝醉，然后在酒吧门口相互拥抱一下，就挥手说再见了。第二天醒来后，我会为自己的虚伪懊悔不已，我甚至怀疑是不是自己老了。我大概就是老了，随着年龄渐大，我能够与之上床的女人越来越少。亦或许是我心已有归属，因为我现在只想跟陆紫缨上床。我不仅喜欢陆紫缨的三观、性格和情趣，我甚至喜欢她的气味，淡淡的薰衣草味道。其实，细思之，陆紫缨的三观仅仅是善良，情趣好像仅限于洗衣服料理家务，性格无非是沉稳安静有条理。至于她身上淡淡的薰衣草味儿，不过是精油的味道。如此挑剔的我，怎么就爱上了平淡无奇的陆紫缨了呢？更令我懊恼的是，陆紫缨好像不爱我，至少没有让我看到她爱我。在她还没有爱上我之前，我跟别的女人上床，应该是无关乎道德。既然不受到束缚，我为什么要放过昨晚那个有趣的女孩呢？我在懊恼中起床，在酒店自助餐厅用完早餐，接着又去街上，跟民工赌博炸金花。

很多时候，我觉得人生毫无意义，有意义的仅仅是做局时的成就感，还有当下的虚无感。

接下来的半年时间，我无事可做。于是，我用余经纬的身份证买了一张飞西平的机票，玉海一直是我心中的圣地。心向玉海，源于儿时听过的一首民谣：

玉海青，黄河黄，更有那滔滔的金沙江。雪皓皓，山苍苍，嘎达尔山下好牧场……

江南长大，北京读书，珠三角做局，我的成长轨迹都集中在热闹地方。三十岁之后，我非但没有忘掉儿时的那首歌谣，反而越发向往西部牧场的壮美辽阔。其实，我很想约上陆紫缨同去玉海，在一望无际的草场上，我和她扬鞭策马，信缰驰骋。我想那幅画面就是爱情的样子。说来惭愧，年过而立，我几乎没有享受过爱情的滋味。在最初的时候，对于女人，我总有一股想触碰的冲动。但是，每当伸出的手触碰到女人肌肤的时候，我便会缩回手，也缩回我想触碰的冲动。时间久了，我才知道这是一种心理障碍。当我骗来人生第一笔钱的时候，我去北京一家外资医院看了心理医生。一分钟五十块钱，我在心理医生的鼓励下，大胆地剖析了自己的童年往事，整整啰唆了三千块钱。一个小时后，心理医生给了我一句话的诊断，说小时候村口遇见的白色连衣裙姐姐是我心里的症结。心理医生的诊断或许有些道理，那个烫着大波浪长发的时髦姐姐应该是我爱上的第一个女人。在等待她还钱的电话那阵子，我每天都在焦虑中度过，心里充满了兴奋、期待和失望。如今想起来，那就是恋爱的状态。半年后，当我彻底绝望之后，我才允许阿宣骂大波浪时髦姐姐。为了表明态度，我也跟着阿宣一起骂，骂大波浪时髦姐姐骗了我十七块钱。其实，我压根就不在乎那十七块钱，虽然那是我的全部财产。那个时候，我只想她给我打个电话，哪怕是说她不想还我钱了。我只想等到她的电话，那样就能证明我在大波浪时髦姐姐心里曾经留下过痕迹，而不是她眼里的一个秧子。我自己都不曾想到，那个永远都接不到的电话，会在我的心里捅了这么大一个黑洞。她骗走了我仅有的十七块钱，也骗走了我对女人的信任。

外资医院的心理医生一直把我送到电梯口。临别时，他递给我一张名片，说以后别来这家医院，门诊咨询费用太高。还说让我以后再有心理问题，直接给他打电话咨询。我心里涌起一阵感动，温暖差点弥补了我心里的半个黑洞。一个礼拜之后，针对如何放下大波浪时髦姐姐，我拨通了那位心理医生的电话。我们在电话里聊了将近两个小时，我几乎完全放下了大波浪时髦姐姐。月底的时候，我的手机费用暴涨到四千多块钱。查询账单后才知道，心理医生的电话是收费的，一分钟三十块钱。那个月底，心理医生的人设坍塌了，大波浪时髦姐姐的黑洞又大了许多。

这些年做局的过程中，我经常会遇到心仪的女性。但是我恪守"谋财不害命，骗钱不骗情"的雷引村老派骗子箴言，把对异性的爱慕填进我内心的黑洞。随着做局手段越来越缜密，我从其中找到了快感和成就，甚至觉得天下女人都配不上我，更比不上一个天衣无缝的骗局。可陆紫缨不同，她就像一个绚丽的烟火，照亮我心里的黑洞，让我把自己看得更加清晰。我确定，就算我跟陆紫缨上了床，也不会把她当做虚无时的性欲消遣。她跟以往与我上床的女人不一样，我已经爱上了她。因此，我不计较跟她上不上床。在我心里，陆紫缨已经是我正式的爱人，暂不管她爱不爱我。如果我想要她爱我，做一个爱情的局即可。可是，我不想通过做局来让陆紫缨爱上我，爱情需要顺其自然。因为，我不能做一辈子局，哪怕是为了爱情。对于我这样的人来说，这辈子遇见爱情的几率，低于遇见鬼。

最终，我也没有约陆紫缨同去玉海，因为我要求四个人手机停机，半年不得相互联系。若遇紧急情况，我们可以在某网站的公共邮箱里自发一封邮件。我在深圳临上飞机前进过公共邮箱，没有任何人留下信息。

到西平后，我入住了索菲特酒店。因为第一次到海拔两千米以上的地区，我窝在酒店里，休息适应了一周时间。初到西部，尚未感受到我为之神往的辽阔与苍凉，觉得这就是一座三线省城而已。一个礼拜之后，我在汽车租赁公司租了一辆中东版的丰田巡洋舰，租期是一个月，我准备彻底领略一番"风吹草低见牛羊"的高原风光。

我自驾游第一站直奔玉海湖，用了三天时间，仪式般地绕湖一圈，然后翻越了著名的嘎达尔山。进入嘎达尔山的公路路况很好，上山的时候，飘起了雪花，我很期待能够遭遇一场大雪。驾车上到海拔四千二百米的时候，雪停了，只在地上覆盖了薄薄的一层，不免让人遗憾。下山的路上只有我一辆车，夕阳没入山后，只有橘红色的晚霞随意散落在斑驳的峰峦间。一人一车，疾驰在蜿蜒的山路上好不惬意。就在这个时候，"砰"的一声沉闷声响传来，我感觉整个车身一震，我急忙踩下刹车。丰田巡洋舰在山路上画出两道深黑色的车辙印记，等到整个车身稳住，半个右前轮已经探出路基，而路基下面就是深不见底的峡谷。我不由得惊出一身冷汗，幸亏这是一辆性能可靠的越野车。我将车辆倒退回来，停靠在安全地带，还觉得惊魂未定。在车后大约三十米开外，一只动物静静地躺在路基上。我朝着动物走过去，看到一只羊倒在血泊里，嘴巴还往外汩汩地流血。就在此刻，上山方向开来一辆货车，满载一整车圆木。车辆开得很慢，行至我跟前，一脸络腮胡子的司机伸出夹着香烟的右手，对我伸出大拇哥，大声嚷道："哥儿们，好口福，这是野生黄羊，你们西平人一辈子都吃不到的。"

我把越野车倒回来，把黄羊搬进后备厢，并用一只塑料袋套住羊头，以免把血流到后备厢里。接着查看一下车辆，黄羊只在车辆前保险杠上留下一个凹印。此刻，天色已经渐渐黑下来，导航显示距离目的地七宝镇还有六公里路程。接下来，我以平稳的车速下山，大概用了十多分钟便进入七宝镇。镇上只有一条街，我把车子停靠在一家烧烤店门前，叫过来店老板，看我带来的野生黄羊。店老板一脸羡色，问我多少钱卖给他。我说不要钱，只要把黄羊身上最好的部位烤给我吃，剩下的就送给他的烧烤店。

这一夜，我吃到了平生最香的一次烤羊肉串。

从玉北到玉南，穿过塔尔木再进入玉林，最后上了玉海高原。一路上闲来无事，我走走停停，凡遇五彩经幡处，我都会停下来小憩一番。在藏区，随处可以见到迎风飘动的五彩经幡。据说，风动经幡一次，就等于诵一遍经文。除了经幡处，我去得最多的地方是寺庙，格尔寺、平宁寺、云昙寺、法务寺、道古寺、艾宗寺、玉琼寺……我还去了很多叫不出名字的寺庙，而且大多数寺庙都不收门票。有些寺庙非但不收门票，还会为各地往来的信徒布送免费的餐食，甚至还会救助周边的藏民。我看不懂梵文，也听不懂藏语，但是从人们虔诚的眼神里，我竟然能够感受到一份信仰的洁净。那些日子，我不仅做回了余经纬，甚至觉得那些寺庙和经幡洗涤了我满身污浊。

一个月的时间过得很快，我的归程行至培洛境内时，由于躲闪不及，我在公路上又撞死一只藏马鸡。这一回，我没有带走藏马鸡去烧烤，而是在公路边上就地挖坑，埋葬了藏马鸡。我算着日子，用了整整一个月时间，把车顺利开回西平。租车公司的收车员很细心，他发现了前保险杠的凹槽，让我赔付了五百块钱的车损。

走出汽车租赁公司，已经临近傍晚时分。路边一个乞丐，操着一口江南腔调行乞，引起我的注意。这是一个高度残疾的乞丐，他的四肢全无，只剩下躯干被置放在一个带滑轮的木板车上。

乞丐长发遮面，胸前挂着一个绿色二维码，不停地对着路人点头，并用江南腔调乞讨道："过路的善人行行方便，布施个小钱，让我填饱肚子。过路的善人行行方便……"

我停下脚步，又听了一遍乞讨声，不由得浑身一震，这竟然是我大哥的声音。

18

　　阿泽讲完他和翟国明的故事，已经露出些许醉意。我问他，你后来是不是转行做了赌局。余三叔说时间不早了，咱们明天再接着聊。正在兴头上的阿泽，没有理会余三叔的阻拦，滔滔不绝地讲起他的赌局。

　　阿泽觉得任何局都有风险，只有赌局有赚无赔，因为输家按人头交例钱，赢家按筹码交佣金，输赢都有钱赚。阿泽做的不是低端赌场，而是高级赌局，例钱和佣金几乎可以忽略不计。阿泽除了负责提供合乎顶级赌局标准的场地，还要搞定当地法律和安保方面的问题，也就是要摆平黑白两道。阿泽拓展的新领域得到毛老板鼎力相助，先是以赛事为名拿到法律文书，接着利用多年经营的人脉关系，得到黑帮的支持。

因为环境高端雅致，安保措施周密，加上阿泽管理有方，三年下来，半山别墅成了全球高级赌局中炙手可热的场子，预约排到了一年之后。阿泽深谙赌博人的心理，营造出一个非常别致的赌博环境。进入别墅大门，便是一条长长的走廊，这条走廊的地板采用磨砂玻璃铺就，两侧墙壁和吊顶则用青金石色覆盖，显得肃穆并且郑重。长廊里仅有的照明，来自磨砂玻璃下面的LED发光，唯一的光亮出自脚下，给参与赌博者造就一种逆思维反差，似乎在提醒参与者：你背后的所有动机都会被环境察觉。因为化妆和易容术日趋完善，半山别墅采用虹膜技术进行身份识别，每个人第一次进入半山别墅采集的虹膜，便是你在整个赌博比赛中唯一的认证信息。

我无心听阿泽炫耀他的赌场设施，便打断他的讲述，问道："半山别墅赌场有没有出老千？"

阿泽说："铤而走险是天下所有赌徒的特征，我们有一套极其严密的防控措施，但是出老千的事情也时有发生。"

我问道:"抓到出老千的人,你们怎么处置?"

余三叔推开眼前的酒杯,再次催促道:"酒后言多有失,咱们明天再聊。"

我们三个年轻人都没有理会余三叔的唠叨。

阿泽说:"我们很少亲自处置这种事情,大都会交给黑帮来料理。"

我急切地问道:"怎么料理?"

阿泽说:"这个要看赌局的规模和级别,还要看赌局事先的约定。"

我盯着阿泽说:"2009年秋天的一场全球最高级别的赌局中,是不是有人出老千了?"

阿泽突然问我:"这是一个保密级别非常高的赌局,你一个局外人是怎么了解的?"

我说道:"我不仅了解,我还知道东南亚赌王白伦也派人参加了。"

余三叔在一旁叹口气,对阿泽说道:"这场赌局里出老千的那个年轻人,大概就是经纬的哥哥余经天。"

余三叔转过头来,看着我,继续说道:"阿泽第一次说起此事,我跟他对证了出老千的人的口音和长相,便猜测此人是经天，所以，我今天晚上才不想让他说出来。"

阿泽稍作沉吟，说道："没错，出老千的人就是白伦的徒弟，他报名的英文名字叫Jack。Jack的作弊手法很高明，他居然凭着一层涂抹的透明指甲油，就能偷看到对手手里的牌。如果Jack不张扬的话，或者说伪装算牌的时间稍长一点，我们很难识破他出老千。"

我故作镇静地问道："你们识破Jack出老千之后，怎么料理他了？"

我的问话说出口后，才感觉到自己的声音有些颤抖。既然把话问到这个份儿上，我的右手悄然伸进裤子口袋，握紧了蝴蝶刀。

阿泽的脸上似乎毫无觉察，他指着我伸进裤子口袋的右手，说道："你不要冲动，听我细细跟你说。Jack被识破后，我们赌场的安保员把他关进一间特殊的禁闭室。按照那一次赌局的事先约定，作弊者将被实施注射安乐死，因为前往香港参与赌局的人全部使用假身份，即便是有人失踪了，警察也无处追查。在关押Jack之前，我们对他做过简单的询问，他虽然没有透露自己的真实身份，但我识别出来他跟师父相同的江南口音。基于我的江南师承，我当天晚上伪造了现场，偷着把Jack交给了十三K。"

我松开握着蝴蝶刀的手，端起一杯酒，一饮而尽。

我问道："十三K是谁?"

阿泽说："十三K是香港当地的一个黑帮，专门为内地提供桩子。"

我接着问道："桩子是什么?"

阿泽说："内地很多城市的大街上，都有一些缺少四肢高度残疾的人在乞讨，这些人就叫桩子，因为他们的人生就像一截树桩子。"

我抖开蝴蝶刀，猛力插在桌子上，对着阿泽大声喝问道："你为什么要把我大哥变成树桩子?"

余三叔站起身来，从桌子上拔出蝴蝶刀，对我说："阿泽不把经天变成桩子，他就会被注射安乐死。"

我瘫坐在马路对面的盲道上，隔着马路再三确认，那个操着一口江南腔行乞的桩子，千真万确是我一母同胞的大哥余经天。因为阿泽的讲述，我便会在日常生活中留意城市里的乞丐，还有桩子。但是，我一直不愿意相信大哥会遭此厄运。大哥会讲普通话，也会讲粤语和少量英语，他之所以大声用江南腔行乞，我想这是他最后一招求救的方式，希望能够被家乡的人遇见。我能想见大哥十年来所遭受的苦楚，他应该从未洗过澡，因为隔着一条马路我都能隐隐闻到一股腐烂的味道。他如何吃东西？他如何解决大小便？他头疼脑热的时候，谁来照顾他？想到这些，眼泪便模糊了我的视线。十几米开外那个像一截树桩子一样的乞丐，竟然是我心高气傲、英俊潇洒的大哥余经天。透过泪水，我看见一个中年男人走过马路，走到我大哥跟前。中年男人长得又矮又胖，他手里端着一只铁钵，扔在我大哥跟前，转身回到马路对面，坐在一个烧烤摊前，跟另一个留着小胡子的年轻人喝着啤酒。此刻，我大哥弯下腰身，用仅剩的二分之一上臂撑在地上，把头探进铁钵里，像动物一样耸动的脑袋，吃着铁钵里的食物。突然，我觉得嗓子眼发紧，紧接着心脏一阵抽搐，竟然体验到一种濒死感。我扶住身边一棵树，对着树干干呕了两声，只吐出一溜儿酸水。

　　我按捺住激荡的心情，站起身来，走进身后一家便利店。我付纸币买了一盒香烟，没有让店主找零钱。不等店主感谢的话说出口，我指着马路对面的大哥问店主，那个乞丐是不是天天在这里行乞。店主说是，在这里乞讨三四年了，除了搞市容检查，他天天都在那里，一天能挣不少钱哪。

走出便利店，我去了隔壁的烧烤摊，在矮胖中年人和小胡子旁边找了张空桌子坐下。我本来想靠近他们偷听一点有价值的信息，可这两个家伙喝着啤酒、撸着串儿，各顾各地玩着手机，没有任何交流。为了不引起两个人的注意，我叫了两瓶乌苏啤酒和十个红柳羊肉串，扮作一个闲散之人。

好不容易熬到天黑时分，矮胖男人对小胡子说，去把钱拿过来，该收工了。小胡子很不情愿地收起手机，走过马路，把我大哥面前纸壳箱里的钱一张张捋顺，攥在手里走回到烧烤摊。

小胡子把一沓纸币和一小把硬币放到矮胖男人面前，说道："二百六十七块钱。"

矮胖男人瞅了一眼桌子上的钱，对小胡子说："老千今天吃喝得不够卖力，才这么点钱，咱俩还怎么抽水。"

小胡子说："今天就这样了，晚上再收拾他。"

矮胖男人从纸币里面抽出六十块钱，把其中三十块钱推到小胡子面前，自己则把另外三十块钱塞进口袋里。

　　小胡子一边往口袋装钱，一边说："火车站那边的李大嘴出事了，你知道吗？"

　　矮胖男人说："知道，被宽哥砍掉一根手指，不就是偷钱的事儿被宽哥知道了吗。"

　　小胡子盯着矮胖男人问道："你知道宽哥是怎么知道李大嘴偷钱的吗？"

　　矮胖男人冲着小胡子摇了摇头。

　　小胡子说："堡垒都是从内部攻破的，李大嘴是被自己的搭档二岗告发的。"

　　矮胖男人若有所思地问道："你不会哪天也去宽哥那里告发我吧？"

　　小胡子嘿嘿一笑："李大嘴睡了二岗的相好的，二岗才去告发李大嘴偷钱的。咱俩都是仗义兄弟，朋友妻绝不碰，所以哥哥把心放肚子里吧，只要你不去宽哥那里告发我就行了。"

　　矮胖男人说："干咱们这一行哪有手干净的，二岗平时不偷钱吗？"

小胡子说："二岗早留了后手，给宽哥上交了两万多块钱，说是被李大嘴胁迫分赃所得。"

矮胖男人骂道："二岗真他妈孙子，这是要断我们财路啊。"

小胡子说："可不是咋地，宽哥现在鼓励举报，谁举报就给谁涨一等工资，还成立了一个监察部门，用来堵住偷钱和腐败的漏洞。"

矮胖男人又问道："统一换捐款箱是怎么回事?"

小胡子愤愤地骂道："就是那个他妈的监察部门搞出来的幺蛾子，所有乞讨点的箱子全都换成带锁的铁箱子，钱只能投进去，开锁才能取出来，铁箱子上面还要写上'为受灾牧民捐款'。"

就在这个时候，一辆破旧的面包车在马路对面停下。矮胖男人和小胡子骂骂咧咧走过马路，把我大哥抬上面包车，两个人也跟着上了车，车辆随后往前开走。我扔下两百块钱，急忙站起身招呼来一辆出租车，跟上了前面的面包车。

19

第二天深夜时分，我一袭运动休闲打扮，潜进解放西路一栋闲置厂房的车间。这栋车间，是我昨天傍晚时分跟踪白色面包车发现的。我看见，大哥与二十几个高度残疾的人，全都被关在里面。车间只有一个进出的大门，门外有一间值班室，有两个青壮年男人看守。我当时查看了车间四周，大概有四五十个通风窗，距离地面至少有四五米高，几乎无法通过通风窗进出。车间四周的墙上装满摄像头，连一只鸟飞进通风窗都能被监控。但是，我在车间侧面的地上发现一条地道，应该是车间往外排水的水道，水道上面罩着生铁笸子。我搬开一片生铁笸子，看到是一条非常低矮窄小的通道，我猫着腰勉强能够通过。

回到酒店后，我开始计划营救行动：先去租一辆车，停在距离仓库大约三百米的马路上；通过下水道救出大哥后，黄夜离开西平，驾车护送大哥回江南雷引村。救出大哥之后，围绕着他的众多谜团，我就能一一解开了。这一夜，我既兴奋，又难过。兴奋的是我还能见到大哥，难过的是大哥遭受了那么多磨难和屈辱……我也曾考虑过报警，但是报警之后，等我去认领大哥的时候，难免会被警察询问，那样就有可能暴露我和大哥的身份。因此，我决定亲自出手，营救大哥出魔窟。

按照计划行事，一切都很顺利。在我搬开生铁箅子进入下水道后，约摸着走进车间的位置，突然闻到一股刺鼻子的臭味儿。紧接着，感觉脚下踩上一摊软软的东西，我瞬间明白了：这条下水道变成二十多个桩子的粪坑。蹚着臭气熏天的屎尿，往前又走了十多米远，昏暗的灯光透过铁箅子照下来。再往前，下水道豁然开朗，生铁箅子被搬走了，大概是便于桩子们屙屎屙尿。我从下水道里爬出来，查看四周的情况，发现桩子零零散散分布在车间的地上睡觉。桩子睡觉的地方，有的铺着纸壳箱子，有的铺着木板，也有几个人睡在破床垫上。我打开手机上的照明，逐个查看。有的人被我弄醒了，他们大概以为我是看守，揉了揉眼睛，四肢像乌龟一样摆动着翻身，接着睡过去。查看完二十七个桩子，居然没有找到我大哥。我只好从头再来查看一遍，比上一遍还要仔细，仍旧没有大哥余经天的影子。我摇醒一个桩子，压低声音询问他，江南雷引村的余经天在哪里。这个桩子痴呆呆地望着我，嘴巴里只会发出"咕噜咕噜"的声响。我接着弄醒另外一个桩子，问我大哥的下落。

这个桩子脾气有些大，恨声恨气地说："你们刚才把他弄出去卖肾了，怎么还来问我?"

我的头"嗡"的一声，大脑登时一片空白。此刻，车间大门突然被打开，两束手电光照射进来。大概是车间里的声响惊动了两个守卫。我赶忙就地卧倒，把头埋在脾气很大的桩子背后，并用手机用力顶到他的后背上，小声威胁说，你要是出声，刀子就扎进去了。桩子身上的味道十分难闻，让人几欲呕吐。即使我屏住呼吸，臭味儿还能钻进鼻孔。门卫的强光手电扫过我的身体，照向其他桩子。

过了片刻，一个守卫呵斥道："都给我老老实实睡觉，别出响动！"

接着，传来车间大门关闭的声音，两个守卫骂骂咧咧地回值班室了。我立刻爬起身来，跑到墙根处跳进下水道，猫着腰蹿出车间。从下水道出来后，我折返头直奔车间大门口的值班室。推开值班室的门，我一步闯进去，屋里的两个男人吓了一跳，急忙起身拉开一副戒备的姿态。

我对他俩说："你们今天带走的那个桩子，他的肾卖多少钱？"

两个男人相互看了一眼，满脸狐疑，没有回我的问话。

我接着说道："不用担心，我也是来买肾的，那个买家出了多少钱？"

稍显年轻的男子，嗫嚅着问道："你有一百万……"

年长男子立刻打断年轻男子，冲着我嚷道："你说的什么鬼话，我们不知道卖肾卖肝的事儿，你赶紧出去！"

我冲着年轻男子说道："给你们老大打电话，就说我出两百万，买那个桩子的肾。"

接着，我又对年长的男子说："你放心，我要是警察的话，早就把这个车间连窝端了，我是真心实意要跟你们做生意。这么划算的买卖，你要是搞砸了，你们老大该把你的肾给卖了。"

年轻男子看了一眼年长男子，从桌子上抓起手机，迟疑着走出值班室。

约摸过了四五分钟，年轻男子回到值班室，对我说："你来晚了，买卖已经做完了。我们仓库里还有桩子，你可以买别人的。"

年轻男子说话的时候，眼神瞄向右上方，这是标准撒谎时的眼神。

我说："只有那个桩子的血型才是我需要的，既然你们已经卖了，那我只能另寻卖家了。"

说完，我便转身，走出值班室。

待我走出十几步之后，年轻男子追出值班室，喊道："你等一等。"

面包车七拐八绕开了大约二十分钟，我的头上蒙着头罩，不知道车子开到何处。车辆停稳之后，我被三四个马仔推搡着，高高低低又步行三四百步。等我的头罩被掀开后，一束刺眼的光亮照射在我的脸上，让我几乎睁不开眼睛。我用双手遮住眼，也只能扭头看到身后，我的身后站着三个刚才开车带我来的马仔。

就在此刻，我前面传来一个福建口音："你要买肾?"

我说："是的。"

那个福建口音问道："买肾给谁?"

我说："给我爸爸。"

福建口音问道："你怎么确定这个桩子的血型跟你爸爸匹配?"

我说："我在西平待了一个多月，几乎见过这个城市里的所有桩子，我每天给他们捐钱的时候，都会想办法弄到桩子的毛发。最终发现，只有汽车租赁公司门口的桩子的HLA相合。"

福建口音再次响起，却是在对别人说话："给他验个血，如果他撒谎，今晚把他也变成桩子。"

我不确定我和大哥的血型是否匹配，我急忙喊道："是我爸爸需要肾，不是我。"

福建口音冷笑道："我知道我的桩子是什么血型，通过你也能知道你爸爸是什么血型，我们只需要用排除法，就能知道你爸爸和桩子的肾脏是不是匹配。"

福建口音说完，传来一阵开门关门的声响。接着，背后的马仔又给我套上头套。听到福建口音如此解释，我心里长舒一口气。接下来，有人走到我的面前，抓住我的胳膊抽血。然后，我被套在黑暗里，又煎熬了大约半个小时。

等再一次响起开门声的时候，我的头套再一次被摘下来。

那个福建口音传来："你打算出多少钱买这个桩子的肾?"

我半眯着眼睛，说道："你们卖给别人一百万，我出两百万。"

福建口音问道："你现在能付款吗?"

我说："让我看到那个桩子，我立刻手机转账，然后把桩子带走。"

福建口音冷笑一声，说道："把我的桩子带走，不可能! 我会把肾摘下来，让你用恒温箱带走。"

我说："我爸爸现在的身体状况不好，还不能确定换肾的具体时间，所以，我要把桩子带走。"

福建口音说："桩子不会让你带走的。"

我问道："为什么?"

福建口音说："因为桩子有两颗肾脏，而你只花了一颗肾脏的钱。"

此刻，我感觉一股热血冲上头顶：这些人怎么可以如此没有人性？

一时间，我有些失控，用我不习惯的高音调怒斥道："话不可以说尽，事不可以做绝，得饶人处且饶人，把好好的人弄成桩子，替你们四处乞讨当摇钱树不算，还要卖他们的肾脏赚钱，不仅卖一颗肾脏……两颗肾脏都卖了，你们这是在杀人，你们就不怕遭天谴吗？"

强光灯后面，福建口音又是一阵低沉冷笑："别他妈的在这里装善人，你如果是什么好鸟，还会跑到这里来买肾？"

福建口音也提高了音调："你以为老子天生就是恶人吗？我年轻时候相信勤劳能够致富，在老家辛辛苦苦建了一座养猪场，挣了一点小钱，我还为村里修路架桥。后来，学人投资，就把钱投给一家叫常春藤的理财公司，结果，这些王八蛋把我的钱全部卷跑了。你问我怕不怕遭天谴，我跟你说，小子！比我该遭天谴的人海了去了，如果排队的话，我得活到一百岁，才轮得到我遭天谴！"

20

　　我想这大概就是因果报应，我卷走了常春藤的一百多亿，逼得投资人走上黑道，他现在掌控着我大哥的命运，还要卖我大哥的肾脏……

　　在气势上，我不自觉地矮了三分。

　　我说："好吧，我付你两个肾脏的钱，但是，我得把人带走。"

　　福建口音说："付两个肾脏的钱，你也带不走人。"

　　我问道："为什么?"

　　福建口音说："到这个桩子卖第二个肾的时候，他每天乞讨，至少还能为我赚一百万。"

　　我说："你把桩子让我带走，我这就给你付五百万。"

一阵沉默之后，屋外突然传来一声短促又惨烈的叫声。紧接着，又响起"咣当"的开门声，并在窸窸窣窣的脚步中夹杂着呜咽声，听上去十分痛苦。我努力地看向强光灯背后，只有影影绰绰的晃动。

　　我猜想是大哥被带进来了，为了给他传达有效信息，我急忙开口："这个桩子是我花钱买走的，咱们今天晚上一手交钱一手交人，生意做完了，这个桩子的死活就跟你们没有任何干系了。"

　　我的话音刚落，一个物体碰到了我的小腿，紧接着，脚下传来痛苦的呜咽声。我低头看到脚下横卧着一个桩子，赶忙俯下身来，把匍匐在地上的桩子扶立起来，正是我的大哥，只是他的嘴里往外"汩汩"地冒着血泡。大哥也认出了我，眼泪瞬间覆盖了他惊恐的眼神，两行泪水从眼眶里滚落下来。泪水流到嘴角，混合着血水，滴落在大哥的胸前。

　　我强忍悲痛，朝着强光灯喝问道："你们把他怎么了？"

　　福建口音说道："这是道上的规矩，要想把桩子带走，就得把桩子的舌头留下，一个写不了字也说不了话的桩子，就不会给我们带来任何麻烦。"

我咬紧牙关："我已经花钱买下这个桩子，你们怎么可以这样对待他？"

福建口音说道："你买的是他的肾，又不是他的舌头。"

我的愤怒再次控制了我的情绪："他不是一条狗，他是一个活生生的人，你们这样搞……他万一失血死掉怎么办？"

福建口音嘿嘿一声笑道："不会轻易死掉的，我们心里有数。"

这时候，两个马仔模样的人走过来。一个马仔抱着我大哥的头，并用两只手撬开我大哥的嘴巴。另一个马仔举着一个瓶子，准备往我大哥嘴里倒。我一把抓住那个马仔，问他瓶子里装的是什么东西。马仔说，是止血药粉。我迟疑着不肯松手，担心他们再用什么阴毒法子折磨我大哥。

福建口音在一旁说道："你不让他用止血药，桩子才会失血过多休克直到死。你要是不让用药的话，还是赶紧把钱付了，付完账，桩子死活就不关我们的事了。"

福建口音说罢，一个马仔递过来一部手机，手机屏幕上有个收款的二维码。我松开紧抓住马仔胳膊的手，掏出手机来，对着那个二维码扫描，更换多个账号后分批支付了。

　　我又一次梦见陆紫缨。上个月，我自驾玉海游的时候，曾经畅想过副驾驶上坐着陆紫缨。旅途上，我渴的时候，她给我递过来水杯。我饿的时候，她把牛肉干和馕塞进我嘴里。遇见奔跑的藏羚羊，她一定会开心地尖叫。撞死黄羊的时候，她也一定会伤心落泪。吃烤黄羊肉串的时候，她应该也不会拒绝。随遇而安、随处淡然，是陆紫缨的标配。她就像一朵开放在热闹都市里的格桑花，融在城市绿化带里与百花为邻，但是玉海高原才是她的家。辽阔壮美的玉海高原，配得上陆紫缨干净的脸庞和纯澈的眼睛。虽说多次梦见陆紫缨，可是梦里从未有过亲昵举动，我们两个人都没有。在梦里，我和陆紫缨单纯的像孩童像天使。醒来后，自己反复确认过，我在梦里连猥琐一点的想法都不曾有过。在现实生活里，陆紫缨算是性感那一类的女人，我每次都能从她藕白色的手臂联想到更加白皙的胸部……可我的潜意识里为什么对她没有性冲动呢？当潜意识还没有成为意识的时候，它往往已经成为命运的主导。陆紫缨难道不会进入我的命运吗？

进入大学后，我陆陆续续谈过两个女朋友，从吃饭、牵手、上床、热恋、争执到分手，让我觉得爱情只不过是一场从甜到苦的体验，最后苦到你会怀疑最初的甜。进入社会做局之后，大环境和我的心情不再允许我谈恋爱，可我的内心还是渴望爱情。我曾经检讨过自己的爱情观：大学里的两段爱情经历，我的心并没有在场，我投入的只是欲望和青春期无处安放的荷尔蒙。

就在我想投入真心谈一场恋爱的时候，陆紫缨进入我的视线。她是一个配合度很高的女孩，当然，最让我欣赏的是她的忠诚，也可以称之为愚忠。自从在闽东分手以来，我几乎每天都会想起她，甚至在梦里多次梦见她。在心里，我已经认定陆紫缨是我的恋人，这一点，我非常确定。每回想到此处，我都能感觉到自己的脸庞有些发热。但是，有一点让我隐隐觉得不妥，那就是陆紫缨对我做局行骗的态度不甚明朗。按照文学作品里的惯例，陆紫缨应该扮演天使的角色，极力规劝我放弃做局行骗的生活，一心向善做个正经人，虽然我已经下定决心改变。假如陆紫缨是我改变的原动力，这场改变是不是会更具仪式感呢？其实，陆紫缨就是我改变的原动力。正是她的忠诚和坚守，让我感受到做一个好人的魅力。只是……只是她没有明确地表态，对我行骗做局一直持一种不置可否的态度。等到在浙江海宁再相见时，我一定得把陆紫缨对我做局的态度搞清楚。

"叮咚"一声脆响，打断我的思路，我赶忙起身，推门走进大哥的房间。我在大哥睡觉的床头放了一只吧台铃铛，让他有需要的时候按铃铛。进入房间，大哥用半截手臂指着自己的腹部，嘴里发出"呜呜"的声音。我赶忙抱起大哥，走进卫生间，把他放置在马桶上面。然后，又把床头柜上的吧台铃铛拿进卫生间，放在大哥仅剩下的半截大腿上，等他如厕完毕再招呼我。

我换了一家酒店，这个酒店距离给大哥治疗的医院很近。大哥在医院里待了二十天，治疗嘴里的伤。这家医院对大哥舌头上的伤很是疑惑，我陈述的理由是大哥厌世了，想咬舌自尽。医生说舌头不像是咬掉的，因为横切面很整齐，还问大哥的另一半舌头去了哪里。我说大哥去意决绝，他把另一半舌头吞到肚子里了。我没有想到医生询问得如此具体，好在这些年来做局历练了我，即便是临时编瞎话，也能编得合情合理合乎逻辑。就像陆紫缨说的，我没准真的可以做一个好编剧。我偶尔看过一些影视剧，欧美的编剧吹得太狠，剧情全都在逻辑线以上。中国编剧糙得太过，剧情全在逻辑线以下。两者都不够真实。

医院的医生听完我的讲述，还是主张报案。不是我的逻辑出了问题，而是想问我要红包。我心领神会，赶忙把事先准备的红包掏出来，塞进医生的白大褂口袋里。医生用征询的眼光看着大哥，大哥点了点头，表示我说的是实情。医生这才作罢，让大哥住院进行治疗。

出院后，我们俩一直住在这家酒店里，已经有半个月了。我本想带大哥回老家，可是大哥执意不肯，一个劲儿地摇头，眼泪差点流出来。重逢之后，大哥与我的交流只剩下摇头和点头了。那些曾经困扰我的疑团，我也询问过大哥，可他大都在叹气摇头。这种摇头不全是否认，更多的是无奈。有些事情否认后，大哥也无法给我正确答案，因为他已经丧失了正常表达的能力。往昔，那个倜傥潇洒、目光如炬的大哥彻底消失了。此刻，我才逐渐明白大哥的意图，曾经在雷引村风光无限的他，不愿意以这副模样回归故里。大哥不想回老家，我也不可能带着大哥行走江湖。这些天来，我为此事大伤脑筋，一时间竟然没了主意。

21

　　我与大哥的交流十分困难，正如那个"福建口音"所言，我大哥口不能说、手不能写，对于他的种种遭遇，我几乎一无所知。我问大哥，他失踪前一年的正月十五，雷引村十几家破败户家里的万元红包是不是他给的。大哥点了点头。我又问，那年正月里的赌局是不是余三叔组织的。大哥点点头，又摇了摇头，似乎不是很确定。我自言自语说，余三叔一直是雷引村的精神领袖，你那一年的风头盖过了他，还劫富济贫救济贫困户，余三叔有没有可能嫉妒你呢？听到这里，大哥眼神中显出迷惘神色，既不点头也不摇头，只是愣愣地发呆。看到大哥这副反应，我便不再刺激他。我岔开话题，说我做了第一个局，就把老家的房子装修好了。还在院子里挖了鱼池，养了几十条锦鲤。假山修得很漂亮，假山旁边栽上了罗汉松。我说的话，大哥充耳不闻，眼神闪烁不定。不知道他的心思回到了过去，还是飞到了未来。过去又如何，就算赢下金山银山又怎样，大哥现在肯定愿意用以前的所有风光来置换今天的健全肢体。可是一切都晚了，置换需要条件对等，失去对等也就失去置换的可能性。如果世间真有因果报应，那么大哥的今天，就-如果我将来成为大哥现在这副样子，还不如让我一剑封喉。

　　早先，我觉得大哥的事情与阿泽有所牵连，可当我对他描述阿泽的长相时，大哥一脸茫然，似乎没有见过阿泽。当我问到他如何被人砍掉四肢的时候，大哥禁不住浑身颤抖一下，眼睛里露出恐惧神色，不再点头，也不再摇头。他应该是不愿意再去触碰那段黑暗的记忆，我也只好作罢。对于在西平的遭遇，大哥好像不愿意跟我沟通，我从无数个角度进行询问，大哥都是大摇其头。最终，当我问到是不是要我去解救其他桩子的时候，大哥眼睛里闪过一丝亮光，他十分肯定地点了点头。我安慰大哥说，等我把他安置好之后，便打电话向警方举报。

我的话音刚落，清脆的门铃声突然响起。我打开房门，看见服务员推着早餐车站在门外。大哥不愿意去餐厅用餐，我只好让服务员每天送餐到房间。在服务员推着餐车进门时，我看见门口走过两个穿着暗红色僧衣的喇嘛。我问服务员，酒店里是不是经常有喇嘛入住。服务员说不是经常，她说只有那些有钱的寺庙的喇嘛才住得起酒店。这一刻，我脑海里灵光一现，找到了安置我大哥的去处。

当我把想法告知大哥的时候，他的眼神里掠过一丝光亮，立刻点头同意了。我对大哥说，玉海高原上有一座小寺庙叫巴林寺，庙里只有一个堪布和两个喇嘛。我还对大哥说，我每年都会去寺里看望他，以后再给寺里捐些钱，修缮一下佛像，巴林寺肯定不会亏待他。大哥使劲地点点头，示意我不用再解释了。大哥是个聪明人，他对我这个安排很满意。巴林寺是我自驾游时经过的一座破败寺庙，这座寺庙因为地处偏僻的高原，寺庙里多数殿堂和僧舍都已倒塌。仅剩三位僧人，也是衣袍褴褛。我当时还动过一个念头：要不要捐款修缮寺庙。如今看来，我的善念得到了佛祖的响应。几方机缘巧合，成事便如顺水推舟。我想，大哥的人生劫数已定，余生能够皈依佛门，也许是他最好的归宿吧。

我当即给西安的撸子打通电话，告诉他，我给他揽了一个大活儿，给一座庙塑造佛像神像。突然间接到我的电话，撸子也很高兴，说我不辞而别之后，大家伙儿还时常念叨起我，都说我不是一个凡人。撸子加强了语气，说能够给佛像神像塑身的人肯定不是凡人。

我不喜欢听言过其实的溢美之词，打断了撸子的话，我向他大概描述了巴林寺的工程量，问他需要多少人干活。撸子沉默片刻，约摸着说大概需要找六个石匠、八个木匠、二十个泥瓦匠、两个厨师。我对撸子说，你按照这个名额招工人，找齐后赶紧带工人来西平。撸子很兴奋，说没有问题，西安城里就不缺干活的人。我催撸子今天就去招工人，并让他再去找一个阿姨，会照顾病人的阿姨。

三天后，撸子他们一大群农民工到达西平。经过几天来的沟通，根据我描述的工程量，又增加了一个工头、一个采购和两个工程设计人员。工头和设计人员当天晚上就开出材料单，并从西平租赁了一台推土机和两台水泥罐车。合计完毕，工程款总预算高达两千七百万元。好在我的账户上还有三千多万，这是临分手的时候，阿宣从维尔京群岛的银行账户里汇给我的，因为这次布局的开销全都是从我账户上花的钱。

工头姓赵，说话带着浓重的西安口音，说话做事倒也干脆利落。赵工头说修建寺庙不是盖大楼，还得招几个高级技工。我说按需配备，需要什么人就招什么人。接下来，我把西安来的阿姨留在酒店里照顾大哥，我便跟随车队开拔上了玉海高原。

车队行走两天，才到达巴林寺。我向堪布说明来意之后，堪布很是激动。我叫来赵工头、撸子和工程设计人员，一起跟堪布聊了两个多钟头，听他讲述巴林寺原先的布局和样貌。直到闻见炒菜的香味儿，我才觉得自己肚子饿了。

我走出堪布的僧舍，透过倒塌的寺院院墙，看见一排白色集装箱简易房，有一间房顶上正冒着白色的烟气。这是我第一次见识到农民工的工作效率，他们居然只用了两个小时，便搭建起了玉海高原上临时的家。

22

　　巴林寺复建工程进行得很顺利，两个月过后，三座大殿的轮廓已经初露真容。在此期间，参与复建工程的工人补充到了五十五人，各种材料款和人工费追加了将近五百万元。还好，在维尔京群岛的银行里，还有一百多亿垫底儿。就算常春藤将来重新开张，以我这些年来在股市里摸爬滚打的投资经验，供养这座寺庙也绰绰有余。如果这个世界上真的有因果报应，两位常春藤投资人因我而自杀的罪孽，会不会因我重建巴林寺而抵消？如果这个世界上真的有生死轮回，下辈子请不要让我降生在雷引村，降生在雷引村就是一种原罪。

高原之上，没有任何娱乐生活。闲暇歇息时，工人们唯一能做的事情就是喝酒和赌博。我把从西平带来的书全都读完了，也加入了工人们的炸金花赌局。按照惯例，我还是会把赢来的钱送给输钱最多的工人。我经常输钱，我输钱的时候，也是工人们最开心的时候。

　　巴林寺复建过程中，陆陆续续来了三个喇嘛，堪布热情地接纳了他们。我曾经担心过，巴林寺复建完成后，整个寺庙只有三位师父，未免显得冷清。如果我大哥来到寺庙，连个照顾他的人都没有。堪布闻听，脸上露出慈祥的笑容，说世间只有云游的僧，没有空闲的庙。果然，巴林寺还在复建中，便开始有喇嘛前来落脚。我还同堪布达成一致，巴林寺永世不收门票。堪布感叹一声，说巴林寺最落魄之时，也不曾少舍过一口粥，少施过一盏灯，何况是以后。

　　在此期间，我还料理了另一件事情。有一天，我驱车一百多公里去了果多镇。在镇上，我用公用电话打了西平110报警电话，举报解放西路闲置厂房里被非法圈禁了二十多个桩子。在那座关押桩子的厂房里，大哥想必没少遭罪，所以他才会督促我报警。我想大哥不仅仅是为了报复那些人，更多的是出于慈悲心。

从果多镇回到巴林寺，我远远看到新修的寺庙门口停着两辆越野车。工人们没有去干活，全都围坐在寺庙门口看热闹，我心里突然冒出一股不祥的念头。这些年来，我对凶兆极其敏感。

我刚刚停稳车，赵工头和撸子就跑过来，说是公益监督局的人来了，不让我们施工。我问他们俩，公益监督局有什么理由不让施工。赵工头说，复建寺庙的钱要捐献到公益监督局，再由公益监督局统一规划施工。我说把钱捐到公益监督局，再从公益监督局到巴林寺，肯定会层层盘剥，等于脱裤子放屁。我问赵工头，他们总共来了多少人。赵工头说，两辆车七个人。我站在巴林寺庙门外，犹豫片刻后，吩咐赵工头去包七个红包，一个两万，六个两千。片刻后，赵工头攥着一沓红包跑过来，问我怎么给。我对赵工头说，你进去说几句江湖套话，给领头的两万，其他人给两千。我说他们肯定想知道是谁捐的善款，你就说捐款的人是北京的，其他情况不要透露。赵工头心领神会，攥着一沓红包走进巴林寺。

23

历经四个半月的施工，巴林寺终于复建成功。

送走工人那一天，堪布和喇嘛全都换上我为他们买的新僧袍，站在寺庙外恭送。工人跟我已经成了朋友，他们跟我开着玩笑，说是欢迎我日后再去西安炸金花。赵工头走过来拥抱了我，趴在我耳边小声说，他在这个工程里没有捞过一分黑钱。我心里想，我已经给你支付了工头的酬劳，你凭什么再从中捞黑钱。

望着远去的车队，回头再看看新落成的巴林寺，四个多月的时光恍如一场梦。就在我愣神的时候，一位僧人走过来，问我打算什么时候送大哥过来。这个僧人就是撸子，他现在叫巴布。一个月前，撸子就决定不回西安了，要在巴林寺落发为僧。巴林寺的佛像神像塑造得非常美，堪布说他走遍玉海的所有寺庙，没有见过如此精美的佛像。堪布盛赞撸子的技艺，说这是神迹。从那一刻起，撸子便决定留在巴林寺，并声称要以毕生之力为玉海的所有寺庙里的佛像重塑金身。

待到巴林寺落成，寺里已经来了十多位喇嘛。堪布心中大悦，安排喇嘛各司其职，巴林寺已然成为一座宝相庄严的大寺庙。

回到西平，我给照顾大哥的阿姨多付了两个月的工资，打发她回了西安。大哥被照顾得很好，比五个月前胖了不少。我告诉大哥，我已经向警方举报了解放西路的那所厂房，估计桩子早就被警察营救出来了。大哥闻听，脸上露出难得的笑容。

第二天，我便要送大哥去巴林寺，因为距离海宁的中秋之约只剩下十天时间。我把越野车停在一个门店前，买了三十多桶上好的酥油，塞满了整整一辆越野车。酥油是我送给巴林寺的，寺庙里最大的易耗品就是酥油，因为寺庙里的酥油灯一年三百六十五天长明，照亮尘世间迷茫的生灵。

　　就在我要启动引擎上路的时候，坐在副驾驶上的大哥突然"唔噜、唔噜"叫嚷起来。顺着大哥示意的方向，我看到马路对面有一个桩子，正在不停地向过路人行乞。我问大哥，这个人是不是跟他一起关在厂房里的。大哥点点头，用疑惑的眼神看着我。我明白，大哥怀疑我搪塞他，以为我没有报警。我向大哥保证，我会给他一个交代。

　　西平到巴林寺将近一千公里路程，开车需要两天时间。初冬时节，辽阔的玉海高原在蓝天白云的映衬下，显得更加苍凉和壮美。我的车速不是很快，想让大哥好好欣赏高原的风景。我开车抽烟的时候，也会给大哥点上一根。上路之后，大哥便拒绝了我给他的香烟。我问大哥，你要戒烟吗？大哥点点头，他的目光始终望向车窗外的远山。我心里明白，大哥是在极力克制自己的欲望，他不想再给别人增添额外的麻烦。这一路上，还有一个可喜的变化，我看到大哥的眼神逐渐放松开来，变得平和绵软。大哥也是这尘世间一个迷途的灵魂，包括他的肉体，都需要被拯救。

我由此想到自己，未来有一天，这条路或许也是我的归途。

第二天，进入高原地区的时候，天上的阴云越聚越多，不多时便飘起雪花。高原上的雪花不像江南那么吝啬，稀少且细碎。在我们的越野车外面，雪花大片大片地倾撒下来，一会儿工夫就盖住大地。越往前走，海拔越高，雪下得越大，从后视镜里可以看见，越野车在公路上留下两道深深的车辙。幸亏汽车租赁公司有经验，给我换了雪地轮胎，因为中秋时节降温下雪，是高原地区常有的事。我全神贯注地开着车，爬上一座达坂后，我停下车来。大哥用疑惑的眼神看着我，我笑着对大哥说，从小没见过这么大的雪，咱们下车玩耍一会儿。我从后备厢里取出轮椅，这是我从网上给大哥买的电动轮椅，他已经学会用残缺的上臂触碰轮椅上的按钮。我把大哥抱上轮椅，还帮他调转一个背风的方向，我们哥俩开始欣赏玉海高原上的落雪。我摸出香烟来，点燃后深深吸了一口香烟，然后把一股粗粗的烟气吐出来，吹开眼前的飘雪。我们默默地待在雪地里，世界上仿佛只剩下我们两个人。雪花恣肆无羁地撒落，落在我们的头上、脸上、身上，无声无息地重塑着天地。大哥在轮椅上仰起头，张开嘴，让雪花落进他的嘴巴里，他此刻的样态极像个孩子。雪花一片片飘落在大哥脸上，慢慢融化开来，变成雪水流下来。就在我要给大哥擦去流进脖子里的雪水时，我惊讶地发现，滑过大哥脸庞的不仅仅是雪水，还有从他眼角溢出来的泪水。

重新上路，已是接近黄昏时分，大雪丝毫没有停歇的迹象。好在距离巴林寺还有不到八十公里的路程。大雪模糊了公路的界线，我不得不放慢速度，在一些稍微平坦的路段，我甚至还要下车扒拉开积雪，探勘哪里是公路。天黑之后，雪不曾有丝毫停歇，路上的雪越积越厚。好在天地间一片雪白，即便是黑夜，也能隐约辨别出公路的模样。又翻越了一座达坂，远方出现一座山峰，导航显示距离巴林寺还有三十三公里。突然，在车灯照射处，有一个浑身雪白的人站立起来，冲着我们僵硬地挥着手。在距离这个"雪人"不到十米的地方，我把越野车停下来。我和大哥对望了一眼，看到大哥冲着我点了点头，示意我下车去看看。打开车门，我走到"雪人"跟前，才发现这是一个年轻的藏族女人，年龄应该不到二十岁。

藏族女人用手指着地上，我才看到，还有一个"雪人"躺在雪地上。

年轻的藏族女人对着我双手合十，用生硬的汉语讲道："阿母、阿母，我们转山，阿母太冷了，求你救救、救救我们！"

我在藏区转悠了几个月，知道藏语的简单称谓，阿母就是母亲的意思。我赶忙走到阿母跟前，俯下身来摸了摸她的颈动脉，探悉到老人家微弱的脉搏。让我觉得为难的是，我们的越野车被三十多桶酥油和大哥的轮椅塞得满满的，除了正副驾驶位，没有一点空地方。我走回越野车，看看后排座能否再挪动出一点空间。大哥嘴里发出含混不清的叫嚷声，扭着头示意我把后座椅上的酥油扔到车外。我点了点头，开始搬后排座椅上的酥油桶。

作为骗子，我和大哥比平常人更具戒备心。我在想，如果我和大哥身心健全，还会相信玉海高原上的风雪之夜，路边有两个亟待救援的母女吗？可是，为什么在此刻，我和大哥就会相信眼前这对母女呢？片刻后，我把酥油桶堆在雪地里，把越野车后排座腾了出来。然后，我抱起躺在雪地里的阿母，放进越野车的后排座椅，并把近乎冻僵的藏族女孩扶进车里。在上车之前，我用一支粗水笔在其中一个酥油桶上写上三个字：巴林寺。

24

　早晨，我被"咯吱、咯吱"脚踏雪的声响吵醒。睁开眼之后，才回想起自己已经睡在巴林寺的僧舍里，隔壁的僧舍则是那对藏族母女。我好奇昨晚的雪究竟下得有多大，便翻身起床。但是，僧舍的门却打不开，我再次使劲推了推房门，才发现房门被厚厚的积雪掩住了。天哪！我第一次见识这么大的雪。好不容易推开房门，我便扑倒在没入膝盖的雪地里，直到整张脸被雪冰到生疼。我在雪地里翻个身，仰面躺下，望着铅云密布的天空，似乎伸出手便可触及，这里大概就是世界上天与地的接壤处。我想，怪不得在人烟稀少的玉海高原，会有那么多寺庙，人在这里不仅能够荡涤灵魂，还有大雪可以浸润身体……突然，一张紫红色的脸庞映入我的视野，正是昨晚的藏族女孩。我从雪地上坐起身来，看见藏族女孩不仅有一张紫红的脸蛋，更有一双干净明澈的双眼。

她立在雪中，笑着对我说："我叫央金，阿母要我感谢你，阿母说你是……你是活佛，是你救了我们。"

央金的话让我心里一紧：我是一个十足的骗子，怎么会是活佛呢。

我还没来得及说话，便看到两个喇嘛急匆匆走过来，其中一个喇嘛身上还背着一个孩子。另一个喇嘛俯下身去，扒开我隔壁那间僧舍门前的积雪，打开门后，两个人把孩子背进屋里。我用疑惑的眼神看了一眼央金，发现央金脸上的笑容没有了，干净明澈的眸子里也尽是隐忧神色。就在此刻，又有两个喇嘛背着一个成年女人进入另一间僧舍，其中一个喇嘛是巴布。安置好那个女人之后，巴布朝我走过来，问我昨天晚上睡得怎么样。

我顾不上跟他寒暄，问道："背回来的人是怎么回事？"

巴布说："雪下得太大、太突然，转场的牧民来不及走，全都遭灾了。"

巴林寺里只有十几个喇嘛，他们已经全员出动，去周边牧场察看受灾的牧民，只留下年长的堪布。堪布步履蹒跚着给僧舍点起火炉，然后又端来热酥油茶。央金接过堪布手里的酥油茶，替他一一送到每一间僧舍。央金和堪布做这些事情的时候，居然没有一句对话，甚至没有一个眼神交流，但他们似乎都知晓对方要做什么，一切都是那么自然，自然得像家人。这一幕让我想起影视剧，如果遇到这样的场面，饰演央金的演员肯定要对堪布说"活佛师父您岁数大了，当心您的身子骨，让我来"。而堪布肯定要推辞一番，然后双手合十说"扶危济困，胜造七级浮屠，谢谢女施主"。

我拦住堪布，说道："师父们走路不方便，坐我的车去找牧民吧。"

堪布点点头，对两个刚刚回寺庙的喇嘛吩咐着什么。随后，我便同两个喇嘛上路了。通往牧场的路极其艰难，有些地方根本没有路。好在越野车的性能好，加上雪地轮胎的附着力强，这才勉强为之。根据喇嘛的指引，我们找到两个牧场，拉回来三个冻伤手脚的孩子。孩子们的冻伤处，已经变得乌黑发青，想必是肌肉组织已经坏死。我问喇嘛，这种情况如何处置。喇嘛也是一脸无奈，说是只能等雪化了，把孩子们送去医院截肢。我联想到已经变成桩子的大哥，问喇嘛，截肢后呢？喇嘛用一声叹气回复我，接下来便沉默了。忙碌了整整一天，我们去了七个牧场，总共拉回来十一个孩子和五个大人，全都是四肢严重冻伤。我很奇怪，这些冻伤的孩子和大人，他们的脸上看不到痛苦和抱怨的神情，一个个都是气定神闲，甚至还面带微笑，只是不停地用手挠着冻伤处。

晚上，我安置好大哥，去了巴林寺的大殿。喇嘛已经开始诵经，仿佛白天什么事情都没有发生，那些被救助回来的灾民跟他们没有丝毫关系，一切都是自然发生，一切又都是自然接纳。

第五天的时候，路上的积雪尽数融化，我也该返程了，因为距离中秋节的钱塘潮之约只剩下三天时间。这些天，我已经跟堪布做了沟通，他同意收留大哥做徒弟。我也承诺，要为巴林寺捐一些善款，好接济信徒和牧民。堪布对此不是很在意，只对我淡淡地说了一声随心随缘。为大哥赎身，为复建巴林寺，我几乎花光所有钱，银行卡上还有不到十万块钱。好在我们还有一百多亿的战果，就算是供养一座寺庙，都不在话下。

我对堪布说道："我还想做一件事，给冻伤的孩子们配上义肢，包括我大哥。"

堪布点点头，舒展开满是皱纹的脸，他对此举显然是大为赞赏。就在此刻，几个牧民打扮的男人走进寺庙，他们每个人都拎着两桶酥油，其中一个酥油桶上写着三个字：巴林寺。

与大哥告别的时候，我的心情非常难过，因为大哥已经剃掉头发、披上了暗红色的僧袍。我走上前去，拥抱了大哥。大哥伸出短短的手臂，为我拭去眼角的泪水，并在我的额头上亲吻了一口。大哥的眼神里没有丝毫难过，像那些被冻伤的孩子们一样，脸上浮现着平静的笑容。我知道，大哥已经变成另外一个人。大哥不是顿悟，他是被迫皈依，这一点，我心里清楚。他如果不被人识破，不被人变成桩子，他仍旧是那个纵横捭阖的赌徒。他的笑容也不可能是平静的，而是睥睨天下的冷笑。是啊，人们总是在无法回头时醒悟，回头时已是万劫不复。过了今天，他便不再是我的大哥，更不再是那个骗子或赌徒，他已经把自己的身心交付给了他并不十分了解的信仰。这一刻，我真的不知道，该为大哥难过，还是为他高兴。

堪布和巴布一众送我至巴林寺寺门外，堪布走到我的跟前，双手合十说道："众生皆苦，唯有自度。"

此刻，我竟然一句话都说不出来，心里念叨着堪布说的"众生皆苦，唯有自度"八个字，木然地上了车。我不知道堪布看出了什么，甚至不明白堪布所指何人何事，我的耳边只有这八个字在循环往复："众生皆苦，唯有自度"。

越野车在辽阔的高原上疾驰，一束阳光刺破乌云，正好投射在我前方的路上。

25

海宁始于春秋战国时代，取"海洪宁静"之意，据说此处还是良渚文化的发源地。

在海宁梅园外一间叫"风潮"的酒吧里，我见到了分别半年的陆紫缨和晏河。会面地点是陆紫缨物色的，她把地址位置发到公共邮箱。可能是中秋节的缘故，酒吧里坐满了年轻人。我昨天晚上没有睡好，大概是因为今天要跟大家见面，我有一些小兴奋。这些年来，我与阿宣每次做完局都会销声匿迹一阵子，分分合合是最常见的状态，但是都不曾有过兴奋。这一回，我不仅是兴奋，甚至还影响到睡眠，难道是因为要见到陆紫缨吗？我的确很想念陆紫缨，在玉海有好几回晚上梦见她。我像大多数年轻男人一样，性欲高于情欲。十多年来，究竟跟多少女人上过床，我自己都不记得了。那些各具风情的美好女子，就像是花到荼蘼时节的蝴蝶，在我刚刚要欣赏它们翩跹舞态的时候，蝴蝶便跃动着消失在花丛中。当然，大多时候都是我逃之夭夭。让我逃跑的原因有很多，有一回是因为女孩口气太重，趁她去洗手间淋浴的时候，我给她留下一张"请去医院治疗幽门螺旋杆菌"的字条，便赶紧溜出酒店。还有一回逃跑，是因为女孩的脚长得太难看，应该是常年穿高跟鞋造成的大脚趾外翻。最狼狈的是半夜逃跑那回，我是在梦中被鼾声惊醒的，尚未睁开眼的时候，恍惚以为爸爸睡在我的床上。我一骨碌坐起身来，痴呆呆地望着那张陌生的娇美面庞，怎么可以发出糙汉子一般的如雷鼾声。陆紫缨是在我花园里驻足最久的蝴蝶，我喜欢这只与众不同的蝴蝶，我却没有跟她上床。昨天晚上失眠的时候，我给自己总结到，我对女孩最大的敬意，就是不跟她上床。

我们三个人在风潮酒吧里闲话，各自讲述着别后见闻，距离集合时间过去了两个小时，阿宣依旧没有出现。这是以往不曾发生过的事情，我们虽然都是骗子，但有着极强的时间观念。一股不祥的预感涌上心头，我对陆紫缨和晏河说，阿宣有可能被什么意外事情绊住了，我们先去老盐仓看钱塘潮吧。临出酒吧门时，我往公共邮箱里发了一封邮件，留了我今天在海宁新办理的手机号码。

我猜不出阿宣被什么事情绊住了，他或许发生了意外，或许是被警察抓住了……如果阿宣被捕，那么迅速离开风潮酒吧是最明智的选择。我建议离开酒吧的时候，晏河眼睛里闪过一丝警觉，大概是起了疑心。不怪晏河生疑，因为我心里也有一些不好的念头蹿出来。陆紫缨倒是一脸平静，像她往常一般附和着我的所有提议。分别半年，陆紫缨越发容光照人，兴许是她今晚特意化了浓妆的缘故。在眼影的衬托下，她的眼睛更显纯净明亮。一件麻灰色短款修身风衣，包裹着陆紫缨娇小玲珑的身材，行走在钱塘江边的月光里，如梦如幻。中秋的满月，冷辉铺地，像一个成熟丰腴的女人，既不张扬，也不羞涩。江风拂来，已是略带凉意，陆紫缨下意识裹紧风衣，使得身材更加凹凸毕显。我的眼睛望着宽阔的江面，余光却不曾游离开陆紫缨，我想我是真的爱上这个女人了。突然，耳畔传来一阵低沉的、若远若近的轰鸣，像是一个坦克军团开过来。

陆紫缨在一旁尖叫起来："哇！来了！钱塘潮来了！"

顺着陆紫缨手指的方向，我看到远处黑暗里的江面上涌出一条白线，这条白线翻滚着、轰鸣着，越来越近也越来越粗壮。江边的人们发出一阵尖叫和感叹，瞬间便被悠远雄浑的潮鸣声淹没。约摸着有十分钟的时间，轰鸣声越发近了。声响不再是单调的大功率引擎声，而是掺杂着各种你能想象到的音响：长鸣的汽笛、呼啸的列车、千军万马的厮杀声、女人的呻吟声……

我抬头看了一眼满月，感叹着她见证了亿万年的钱塘大潮。月月月圆，年年中秋，明月可知庚子年的中秋节，我也伫立于此。江畔何人初见月，江月何年初照人？我的心绪还在风花雪月里，突然，轰鸣声传至耳畔，紧接着被一股冰凉的江水当头拍来。我的第一反应，便是一把抱住身旁的陆紫缨，紧紧地裹进怀中。潮头丝毫不见停滞，继续轰鸣着往前推进，江岸上的人群爆发出一阵兴奋的叫嚷，他们大都被江水浸身。潮头已经过去，陆紫缨抱紧我的手臂始终没有松开，我甚至能感受到她"怦怦"的心跳。我抚摸着陆紫缨潮湿的后背，第一次感受到拥抱的温暖。是的，我拥抱过很多女人，可那都是做爱前必须要做的铺垫，毫无爱的意味。这一刻，我甚至忘却了时间，还有周边嘈杂的人群。直到晏河在一旁大声咳嗽，我才松开陆紫缨。她也不再似以往那般平静，显得有些不知所措，只好用双手梳理挂着水珠的凌乱头发。

陆紫缨半低着头，似乎是没话找话，说道："快看看手机，有没有浸水。"

我掏出手机来，看到有一条短信：经纬，天下没有不散的宴席，我厌倦了行骗做局的生活，我要带着我心爱的女人去加那利的海岛，建立我自己的王国了。上个一百亿被你拿走了，这个一百亿属于我。我之所以做这个决定，是因为你偏离了一个骗子应该走的路。作为一个骗子，最不该具备浪漫情怀，你会毁掉自己，也害了与你出生入死的兄弟。另外，我给你账户汇去五百万，供你下次做局使用。咱们就此别过，你多保重！对了，你知道陆紫缨是谁吗，她就是常春藤事件里男性自杀者的女儿。你要小心提防，务必！

26

在海宁闹市的一栋公寓里，我尝试着写一个电影剧本，名字叫《调查组》。关于电影剧本的格式，我先是让晏河帮我写了一场戏的范本，然后，我照着范本的格式，居然写了一百六十五场戏。写电影剧本，是为了分散我的注意力，也是我的缓兵之计。因为，晏河和陆紫缨已经开始担心我也跟阿宣一样，玩消失。他们这样想，我完全能够理解，谁让我是一个满嘴谎言的骗子呢。为了打消两个人的顾虑，我向他们和盘托出我的下一步计划：亟须一大笔钱为巴林寺的孩子们做手术、捐助义肢。为了获得两个人的信任，我打开手机，给他们看了冻伤孩子的图片。电影剧本最初的创意，是另外一个骗局，这个骗局需要众多"演员"参与，于是，便有了这个名为《调查组》的电影剧本。

阿宣的"变节"打乱了我所有人生计划，几乎把我逼上绝路。我想起送大哥去巴林寺的路上，觉得未来或许有一天，那条路也是我的归途。大哥曾是这尘世间一个迷途的灵魂，我又何尝不是呢。当初一念成谶，巴林寺也许会成为我的归宿。可是，我无法双手空空回到巴林寺，因为我对堪布有过承诺，我要为冻伤致残的十几个孩子配上义肢。我已经咨询过医院，十几个人的手术加上义肢、还有随着年龄增长不断更新的义肢，保守估计需要一千两百万元。也就是说，当我再次回归巴林寺的时候，我至少要带回去一千两百万。这是我人生第一次去履行一次承诺、一个契约。在此之前，我可是玩弄并践踏契约的骗子。

像以往无数次做局一样，我反复修改着剧本，努力地让每一个递进都自然，让每一个转折都有逻辑。在完成剧本那天，我禁不住心生感慨：我可以把很多事情做得有模有样，何必非做骗子。

晏河看完我的剧本，随后扔在桌子上，不咸不淡地说了句，还凑合。自中秋夜之后，晏河的言谈举止中流露出对我的轻蔑。阿宣发给我的短信，我截图给晏河和陆紫缨看了。当然，我截图时也截掉陆紫缨身世那部分。看完截图后，他们俩沉默不语，大概是等着我下结论。我对他俩说，这不是骗局的一部分，请你们相信我。我的解释没有任何分量，晏河和陆紫缨不相信我的话，我不怪他们。我继续解释说，如果上一个局的结局是骗局，我完全可以跟阿宣一样消失，不必千里迢迢跑到海宁来看钱塘江大潮。他们俩最终也没有说话，晏河只是在鼻腔里发出一声轻蔑的"哼"。而陆紫缨像往常一样，平静的脸上看不出任何态度。此时此刻，陆紫缨的平静在我眼里不再是淡然淡定，而是一种令我毛骨悚然的冷……

为了避免再生误会，我在海宁租了一套三居室的公寓，我住最里面的房间，陆紫缨住我的隔壁，晏河睡在靠近门口的卧室。我用了整整一个礼拜的时间来舒缓自己的心情，对于阿宣的选择，既在意料之外，又在情理之中。从常春藤骗来的一百多亿，的确是被我在股市里挥霍掉的。当时，我把股市账户里的转账进出明细全都截图，一一发给了阿宣，以证明一百多亿的确是被股市割了韭菜。我虽然没有独吞这些钱，但的确是经我之手消失的，责任应该由我来承担。自我与阿宣搭档以来，每一次做局盈利都是平均分配。因此，我挥霍掉上个一百多亿，阿宣卷走这个一百多亿，是一件公平的事情。我的确没有理由怪罪阿宣。可是，在我心里总有一股情绪无法纾解，因为我把这个一百亿当做我们人生的拐点，我要用它来偿还常春藤的投资者，借此机会成为一个真正的金融投资人。阿宣也许压根不相信我的发心，我要"成为一个真正的金融投资人"的发心。即便是相信我美好的发心，谁又能保障我的投资会成功呢？因为我没有投资成功的案例，却有在股市上被割韭菜的经历。因此，我没有理由痛恨阿宣，因为我是个骗子，因为我们都是骗子。

一个礼拜之后，我终于想明白了，我心里那股无法纾解的情绪，其根源来自陆紫缨。九个月前，当晏河和陆紫缨到来之后，我让阿宣查询过两个人的背景。因为当时疫情严重，很多部门处于停滞状态，调查一度搁浅。做局结束后，我们各自隐匿，阿宣应该是在最近时段，才得到陆紫缨真实身份的信息。如果，陆紫缨的父亲因为常春藤投资失败而自杀，那么，她掩盖了真相，继续在常春藤的投资微信群里恪尽职守地工作，目的只有一个，让我来关注她。没错，她无法满世界去寻找一个高级骗子，只能采取最笨也是最有效的手段，继续为常春藤的骗局善后，甚至用工资来偿还自己从投资者那里得到的佣金。据阿宣说，陆紫缨曾经在常春藤投资群里消失过十多天。现在看来，她消失的十多天时间里，应该是在为自杀的父亲处理后事。做局常春藤之初，我曾经立过规矩，坚决杜绝本公司职员或职员家属参与投资。目的就是在暴雷后，防止介入公司太深的职员节外生枝。但是，常春藤初期的高回报率，难免会有公司员工假借别人的名义进行投资。陆紫缨当属此类情况。怪不得从当时的投资资料里，查询不到陆紫缨的家庭信息。

陆紫缨的终极目的是什么？为父亲复仇？她已经成功地骗过我，还与我在同一个屋檐下待了很久，她为什么迟迟没有动手复仇？晏河到来的那一天，的确处处透着诡异的巧合。按照惯例，那天本来应该去爬山，可陆紫缨"偏巧"穿了沙滩鞋。于是，我们俩改去沙滩散步，恰好遇见晏河。阿宣曾经在常春藤投资群里听说过，另外一位自杀的女性有一个儿子，已经读大学……

晏河是我和阿宣在广州做局时认识的，那次做局成功之后，我和阿宣沉寂了许久。也就是在那段时间，网络上突然爆出一家公众号文章：常春藤投资管理公司暴雷，抵押住宅投资的两位老者先后跳楼自杀。两位投资者自杀发生在三年前，这篇文章却出现在三年后，当时的确让我百思不得其解。假如晏河是女性自杀者的儿子，这些不合理的迹象便有了依据：因为常春藤导致两位投资失败的老者自杀，晏河与陆紫缨就此结识。难怪陆紫缨知道晏河有哮喘，我当时怀疑过，但是没有走心，还以为是他们俩日常交流过此事。晏河大学毕业后，最终在广州找到我和阿宣，便以应聘名义来到我身边。广州做局结束后，我和阿宣不辞而别，晏河与陆紫缨以为我就此消失了。所以，才有那篇公众号文章出炉，旨在引发社会舆论发酵，以便寻找我的行踪。

思量至此，我的身上禁不住冒出一身冷汗。当我欺骗了整个世界之后，才发现，世界也欺骗了我。

此刻，我便与两个处心积虑的复仇者同处一室。杀父杀母之仇，不共戴天。现在，我的生命里只有三个选项：一是做砧板上的肉，任复仇者宰割；二是绝地反击，先下手为强；三是导演完成我刚刚写的电影剧本，履行我对巴林寺的承诺。

27

　　我最终选择了第三个选项，因为前两个选项都没有意义。我居然开始寻找我人生的意义了，对于一个骗子来说，这是多么荒诞的事情。

　　初冬的北京，天空一贯地不清爽，唯一能够吸引人们抬头的便是金黄的树叶。叶到金黄，脆弱得像个风烛残年的老者，随时都可能随风摇落。人们期待着来一场北风，便可吹走天空的雾霾。同时，又担心北风会带走金黄的树叶，那毕竟是四季最后一抹颜色。北京的初冬，心存美好的人，就会有这样的纠结和焦虑。

　　电影制片厂的门口，一大早便聚集着一群怀揣美好电影梦想的人。人们根据自身条件，给自己确立人设：长相普通到猥琐的人，大都以为自己是黄渤或王宝强，穿一身邋遢的棉衣，还留着一头凌乱的头发。长相标致的女孩，或是浓妆艳抹的风情万种装束，或是素面朝天的清纯打扮。更有一些六七十岁的老者，眉头紧蹙、身着老式中山装，扮成老干部模样，坐在折叠椅里冻得面色发青，路过的人会禁不住担心"老干部"正在心梗。

晏河在北电门口挑中了七位"老干部"、四个"风情万种"、八个"王宝强"，问每个人要了一份简历。群演们误以为遇上了大剧组，蜂拥围过来，往晏河怀里塞了一堆简历。

站在人群外围，我问身边的陆紫缨："你相信救赎吗？"

陆紫缨眼睛看着晏河，沉默片刻，反问道："你相信因果报应吗？"

我说："发生在我大哥身上的事，就是因果报应。"

陆紫缨又问道："救赎是因为你害怕，是吗？"

我说："不仅仅是因为害怕，是常春藤两位自杀的老人，让我背负上了自己逾越不过的坎儿。"

陆紫缨平静地问我："你准备如何救赎自己？继续做骗子，用一个骗局救赎另一个骗局？"

甄选演员的第一道关由我把控，我挑了一水儿有北京户籍的人。因为北京人能讲一口京片子，识别度非常高。而且，北京人自以为见多识广，到了外地尤能彰显气场。第二道关由晏河负责，除了要读一段我写的剧本台词，还有一项无实物表演。两轮把关之后，我、晏河和陆紫缨讨论并决定各个角色的人选。表演专业出身的晏河逐渐进入副导演的角色，对于一号首长的人选，他力排众议，坚持由白发长者扮演。由专业的人来做专业的事，关于演员人选，我非常尊重晏河的意见。除了招聘的演员之外，晏河还将在剧中扮演首长的秘书。陆紫缨是制片主任，并扮演剧中人刘春迪书记的秘书。我是导演，并出演《调查组》的副组长。演员阵容敲定之后，随即与每位演员签了保密协议，严格限定不得泄露剧本以及行程等任何与剧组相关的信息。在五棵松宾馆，我以导演身份给大家开了第一次剧组全体会。

演出开始，我迅速恢复了以往做局时的状态，用真诚并热情的眼神扫视过会场的每个人，朗声说道："《调查组》将是一个非常特殊的剧组，你们可以把它看做是一场真人秀。为了体验真实感，你们身份证上的名字，也将是你们在剧中扮演人物的名字。我们拍摄的主场景，将是西平的一座五星级酒店。在别人用十五天拍摄一部电影的时代，我们将用十五天的时间来完成角色体验。在角色体验这半个月的时间里，没有导演，没有action，没有cut，没有剧务，没有摄影机，没有监视器，只有我们演员全情沉浸式的表演。我在此郑重强调，在这十五天时间里，全情沉浸式表演将二十四小时不停歇。每位演员除了熟读自己的台词之外，每一个敲门的服务员、酒店大堂经理的问候、陌生人的突然拜访、接待上访群众，都有可能是剧组在对你进行角色测试。遇到类似情况，你可以脱离剧本，但是不能脱离角色。此时此刻，你一言一行的临场发挥，都会为你的角色加分。房间里的针孔摄像机、走廊里的监控摄像头、酒店里的监控器、马路上的监控探头，将会是这部电影的主要剪辑画面。另外，还有至关重要的一点，从今天开始，我们全体演职人员全部以角色的身份相称。叫错任何一个人的称呼，你便会被淘汰出局。大家或许看出来了，这部戏里没有一个大咖演员，全部由非专业演员担纲。在此，我要申明一下，在电影的世界里，没有专业的演员，只有专业的精神。在《调查组》里，扮演好你的身份角色，你就是大咖。"

我的话音刚落，会议室里响起一片鼓掌喝彩声。

我立刻打断众人的喝彩，严肃地说道："《调查组》开会，没有鼓掌，也不会有喝彩声。"

我转过头去，对陆紫缨说道："陆秘书，你把调查组的行程告知大家。"

陆紫缨立刻站起身来，对我很是恭敬地回道："是的，覃副组长。"

对了，在这个局里面，我的名字是覃海清，与晏河的名字合在一起，便是海晏河清。

陆紫缨轻声地清了清嗓子，打开印有"第七调查组"字样的文件夹，大声说道："我是刘春迪书记的秘书陆苗苗，明天第一批出发去西平的人员有刘春迪书记，赵东来组长，杨轶鹏司长，尹川秘书，宋芳菲秘书，司机张广友、曲东、李博祥，分别乘坐三辆奥迪车前往西平。第二批出发去西平的人员在五天后，人员有一号首长、秘书晏争鸣、秘书郭淮，乘坐飞机前往西平。集合的航站楼和航班号，我会在散会后发到三位领导的手机里。我和副组长覃海清，今天晚上乘坐飞机前往西平打前站，在那里恭候各位领导和同志们。"

会议结束后，一号首长缓缓站起身，走到我的面前，神情严肃地握住我的手，郑重其事地说道："海清同志辛苦，到了西平后，大胆展开工作，不要有任何思想包袱和顾虑，疫情当前，需要团结党内外一切力量加以应对，但也绝不能姑息那些毁掉一锅好汤的老鼠。"

28

　　玉海大酒店是一座五星级酒店，同时也承担政府的接待任务。我十分了解这种酒店的内部运作，但凡有北京来的客人，酒店都会向上级主管部门进行汇报，旨在防范中央级媒体记者的暗访或调查。我和陆紫缨用的也是北京籍假身份证，我们俩打前站，先在酒店里订下八个标准间和两个套间。等到接下来入住的客人，全都是一水儿北京籍的身份证，酒店便会立刻警觉起来。而且，西平方面还会分析这个北京团队的背景：有人打前站，预订房间；前后分三批入住西平，符合官方团队的出行习惯；重要人物最后登场，必然事关重大。

夜晚降临，我邀请陆紫缨去酒店的自助餐厅共进晚餐。酒店的自助餐厅是官方随行人员的标配，作为"调查组"的工作人员，既不适合外出宴请，更不会躲在房间里吃泡面。用完晚餐，我建议去酒店的花园里散步，陆紫缨没有拒绝，亦步亦趋地跟在我的半步身后。看来，她也进入了身份角色。陆紫缨啊陆紫缨，你处心积虑找到我，到底想怎么样？如果你要为父亲报仇，为什么还迟迟不动手？你要掌握我的犯罪证据向警方举报，从高端股民那里骗走一百多亿，你和晏河见证了完整的骗局，为什么还不向警方举报？莫非陆紫缨像我爱上她一样，她也爱上了我？如果你真的爱上我，为什么还要隐藏自己，为什么不敢向我袒露心扉？其实，也不能这样考虑问题，因为我爱上了陆紫缨，我也对她隐瞒了阿宣最后发给我的短信。

　　绕过一座假山，看到四下无人，我对身后的陆紫缨说："如果这个局做成了，除了留下两千万给巴林寺的孩子们接义肢，剩余部分就给你和晏河拿走，我准备就此退出江湖。"

　　看到陆紫缨没有接我的话，我便转过身来，望着陆紫缨的眼睛，问道："你呢，接下来有什么打算？"

陆紫缨平静地看着我，低声回道："覃副组长，您违规了。"

我无奈地笑了笑，点了点头，继续着餐后散步。半个小时后，我们俩回到酒店，进了各自的房间。

两天后的中午，三辆北京牌照的黑色奥迪 A6 轿车驶进玉海大酒店，刘春迪书记一行八人鱼贯进入酒店。我和陆紫缨急忙迎上去，与众人一一握手。

办理入住手续时，当着服务员的面，刘春迪书记用不是很高的声音问我："没有惊动当地相关部门吧?"

我回复道："请刘书记放心，严格遵守纪律，没有惊动任何部门和任何人。"

刘春迪书记点点头，看了一眼腕表，对陆紫缨说道："小陆，你通知大家立刻用午餐，下午一点半开全组会议，对了，问酒店租一个小型会议室，配备一台复印机和一台碎纸机。"

陆紫缨说："好的，刘书记。"

我对刘春迪说："刘书记一路上坐车劳累，还是睡个午觉再开会吧。"

刘春迪一边装好身份证，一边对我说："我们的时间紧、任务重，睡觉是小事，工作办案子才是重中之重的大事。"

刘春迪的台词功夫不错，几乎一字不落，说的全都是我剧本里写好的台词。

午餐过后，接下来便是全组会议。我在去小会议室开会时，故意将一份盖有"第七调查组"公章的复印件留在房间里。我拿上笔记本，走出房间，在电梯间等待电梯的时候，我看到一位服务员打开布草间房门，往走廊两侧探头探脑张望着。我心里明白：愿者上钩了。

会议室里，众角色说的都是剧本里的台词，几乎没出任何纰漏。群演们投入了极高的热情，即便是有人打了磕巴，也没有人笑场。"哗哗哗"，复印机不停地工作着，复印着我调整后的新剧本。"嘶嘶嘶"，碎纸机被调整成最细碎一档，粉碎着众人手里的旧剧本。新剧本不再装订成册，而是复印在"第七调查组"的信笺上，再由每个角色抄录在笔记本上。我严格强调，为了做好保密工作，大家要做到笔记本二十四小时不离身。

会议持续了四个小时，我当时整整写了四个小时打着官腔的台词，仅这一场戏的台词，足足写了七万字，几乎快赶上一部长篇小说。如此大的台词量，居然很少有人出错。原因之一，是我在北京的时候，就对台词做过严格要求。原因之二，角色们人手一个笔记本，大段的台词可以抄录在笔记本上阅读。这个操作一举两得，即便是有酒店服务员偷看了笔记本，也能证明我们的"官员"身份。

剧本中有一段"随机"戏份，要求在服务员进入会议室倒水的时候上演。会议开到半个小时后，一名女服务员提着暖水壶，轻手轻脚地进入会议室。

刘春迪书记当即一拍桌子，冲着陆紫缨大声呵斥道："保密工作是怎么做的？哪一次全组会议有过服务员倒水！"

陆紫缨满脸涨红，急忙站起身，将拎着热水壶的服务员推出会议室，并将服务员手中的热水壶接过来。陆紫缨关上会议室的门，毕恭毕敬给刘春迪书记、赵东来组长、杨轶鹏司长、尹川秘书、宋芳菲秘书一一倒水。

刘春迪很是投入，继续着即兴表演，他用颤抖的手举起保温杯，又放下，语重心长地说道："同志们哪同志们，千里之堤毁于蚁穴，我们的工作来不得半点马虎呀。因为，我们不仅要对人民负责，还要对我们辛苦培养起来的干部负责，虽说我们不放过任何一条蛀虫，但也不能误伤任何一个同志……"

一干群演很快发现刘春迪脱离了剧本，如此大段大段的即兴发挥，无非就是想给自己加戏，群演们深谙此道。

趁着刘春迪给自己编词的间歇停顿，组长赵东来打断了刘春迪的讲话："春迪书记的良苦用心，想必大家都已经理解了。说实话，不怪刘书记发火，两年来眼睁睁看着多少同志在我们身边倒下，他们没有经受住时代的考验，倒在资本主义的糖衣炮弹下，我痛心啊！"

就在赵东来做痛心疾首状时，杨轶鹏司长站起身来，说道："两位领导真是高屋建瓴、苦口婆心，七大危险和四大考验始终伴随着我们，所以，我们要深刻领会六位一体的总布局，以大局为重。更要坚持四个全面和五大发展理念的战略规划，用三个确保武装自己的思想，认真地、坚决地、毫不动摇地老虎苍蝇一起打！"

群演们不动声色地抢着戏份，把无聊的官腔一直打到晚餐时间。我看了一下手表，觉得戏码十足，才建议大家去自助餐厅用晚餐。会场的新剧本全部收回销毁，我安排尹川和宋芳菲两位秘书倾倒出碎纸机里的纸屑，拿到酒店后厨通道的垃圾箱边上焚烧。

　　从会议室出来，我没有去自助餐厅，而是回了一趟房间。在我进入房间之前，我打开手机上的手电，查勘我塞在门缝里的一小片暗红色的纸片，已经落在酱红色的地毯上。

　　张广友、曲东、李博祥三个扮演司机的群演，几乎没有台词压力，他们更多承担的是随机应变。我安排他们三个人三班倒，坐在酒店大堂的酒吧里，观察大堂里的特殊情况，随时给我单独发微信汇报。半夜时分，李博祥给我发来一条微信：下午来酒店的官员模样的人又来了，跟大堂经理和一名服务员在说话。

　　我给李博祥回复：想办法看一眼服务员胸牌上的名字。

　　十几分钟后，李博祥发来微信：服务员叫荆文彤。

　　到目前为止，所有剧情都是按照我的剧本在上演，荆文彤就是今天下午进会议室倒水的服务员。

此刻，刘春迪发来一条微信：覃导，最新的流量大咖莫诗铭探听到了咱们这个剧组的创意，她的经纪人想让莫诗铭加盟，而且是带资入组，您是否考虑一下？

我回复道：刘书记，您只有这一次犯错的机会，如果再有下一次出戏，您就自己买机票回北京吧。我们这个剧组将是中国影视界的一股清流，我们的创意如果不认真保密，您这辈子永远都是那个在北影厂门口混盒饭的群演。

刘春迪即刻回复道：是是是，覃副组长，我检讨。

29

　　第二天，早餐结束后，八点半在小会议室继续开会。开会内容便是我调整后的新剧本。会议非常简短，两个人一组，分成四组，两组沿街走访桩子，两组去信访办了解访民。至于如何走访、如何询问，剧本里写得清清楚楚。我分派两辆车去沿街走访桩子，挂着北京牌照的黑色奥迪轿车便是护身符，街头上的小混混绝对不敢造次。剩下一辆黑色奥迪轿车，载着另外两组人马去西平信访办，尽可能地与访民们进行沟通，并向那些有重大隐情冤情的访民暗示，可以去玉海大酒店做进一步了解。此举，旨在制造调查组暗访声势。

一切都在按照剧本推进。下午时分，不断有访民走进玉海大酒店陆紫缨的房间。陆紫缨将来访者递交的资料过滤一遍，然后送到我的房间。我从资料中筛出需要的人选，分别安排给刘春迪书记、赵东来组长、杨轶鹏司长、尹川秘书、宋芳菲秘书进一步了解情况，并用印有"第七调查组"的稿纸笺做询问笔录。所有笔录，还需要来访者按指印和签名。在接待访民过程中，大部分人一进门便跪倒在地，眼泪一把鼻涕一把哭诉，央求我们为民做主、为民除害。我郑重地告诉访民，你们之所以含冤忍屈，就是你们太热爱下跪了。听到这句话，访民便会止住哀嚎，坐下来倾诉冤屈之情。

　　傍晚时分，陆紫缨敲门走进来，说是西平市教育局徐局长到访。我点点头，让陆紫缨带他进来。我知道，大鱼准备咬钩了。片刻后，陆紫缨带着一位领导模样的男人走进我的房间。徐局长倒也直爽，一进门便开始大吐苦水，说我们下午接待的孙德清老师，根本不配做老师，而是一个靠上访碰瓷的无赖之徒。我让陆紫缨给徐局长沏上一杯茶水，徐局长赶忙抬起屁股来接水杯。抿了一口茶水，徐局长接着说道，这个孙德清原先是二十五中的物理老师，上个世纪九十年代教师待遇低，又赶上下海潮，他便辞职开起了小公共车。2000年之后，教师待遇普遍提高了，辞职十多年后的孙德清要求教育局恢复他的教师资格，他要回学校教书。我们教育局不是开澡堂子的，你想走就走、想来就来，他的申请没有被通过。从这之后，孙德清开始上访，一直上访到北京。每回接到北京的上访消息，我们就得派人去北京把他接回来。后来，孙德清在北京上访过程中认识了四川一名上访的女教师，两个人就发展成了情人关系。这些年来，孙德清只要想情人了，就约上四川的女教师去北京上访。孙德清还故意把自己去北京上访的消息透露给教育局，我们随后便要派人去北京找他，而且一打电话还准能找到他。找到他之后，孙德清就会提条件，要求给他在北京五星级酒店开一间房，他跟四川女教师住上一个礼拜，就不去上访，跟我们乖乖地回西平。我们教育局的工作人员为了息事宁人，只好给这个无赖之徒去五星级酒店开房，而我们的工作人员只能住旁边的连锁酒店……

徐局长的语速很快，语气愤慨，如果不是碍于我和他的身份，大概要开口骂娘了。我一边听他讲述，一边做笔记，其间还要看陆紫缨、尹川和宋芳菲不断送过来的上访材料，他们会不经意提起税务局、牧管局、城管局等其他部门的信息。最后，我对徐局长说，我们掌握的不仅仅是一个孙德清的情况，你留下一个联络方式，回去等我们的汇总情况吧。

接下来，登场的是西平市公安局的一位姓关的副局长。关副局长说市貌市容和乞丐问题归属城管局和民政局，与公安局没有太大关系。我用手里的笔敲着桌子上的笔记本，说本来跟公安局没有关系，可是如果有人举报解放西路厂房里关押着二十七个被圈禁的桩子，就跟公安局有关系了。我讲完这番话，关副局长有点坐不住了，鼻尖上竟然渗出细密的汗珠。关副局长应该是真害怕了，因为他万万想不到，我连这么细小、具体的事情都能掌握。既然我连报警电话的号码都了解，那些能够让他们掉乌纱帽的大事应该也知晓一二，只是他不知道我知晓的是一，还是二。如果我知晓一，他却坦白了二，那就追悔莫及。这是警察经常用来对付罪犯的办法，关副局长怎么也不会想到，自己也会面临这样的纠结窘境。

关副局长嗫嚅道，那个报警电话上过局办公会，但是解放西路的厂房是廖副市长亲戚的资产，我们公安局打黑打到廖副市长头上也说不过去。关副局长果然是老公安出身，反侦查能力很强，就事说事，而且只说我掌握的事。他沉吟片刻，说我们公安局不是不作为，我们的一线干警经常办案子办到关键裉节上，上面一个电话打过来，案子就停办了。长此以往，下面干警们的心就凉了，谁愿意整天没日没夜白忙活。

接下来，关副局长开始跟我兜圈子，他想摸清楚我究竟还掌握什么情况。关于话术，每个骗子都不弱于警察。于是，我也滴水不漏地与之兜圈子。让他觉得我掌握很多信息，但是我又没漏出任何实质性的东西。车轱辘圈子兜了半个小时，趁着陆紫缨进来找我签署文件的机会，我对关副局长下了逐客令。关副局长很是尴尬，站起身来欲言又止，见我自顾自地埋头签字，他只好讪讪地告辞。

晚上八点，陆紫缨联系好酒店的小会议室，再次召开全组会议。连续几天来的假戏真做，群演们似乎真的进入了角色，汇报案情时，很多人显得义愤填膺。我觉得他们不仅仅是在表演，有的家伙还动了真气，拍桌子甚至拍倒了保温杯，完全脱离了剧本。全情沉浸式融入角色，大概是表演的最高境界，群演们也陶醉于即兴表演。在这场大戏里，只有尹川和杨轶鹏两个人的表现差强人意，能够让我感觉到演戏的成分。其他群演的分寸把握得非常到位，原计划两个小时的会议，一直拖延到深夜。会议总结出剧情的新走向，因为很多部门反映的情况，矛头大都指向了廖副市长。

半夜时分，陆紫缨下到酒店大堂，又订了两个标准间和一个豪华套间，而且坚持用自己的名字登记豪华套间，理由是入住豪华套间的人身份特殊，不能随意透露。酒店没有坚持，顺利地办理了预订手续。这个推进节奏是在告诉西平市：案情重大，北京的重量级人物即将登场。

回到我的房间，我发现夹在门缝里的暗红色纸屑没有脱落。看来，他们已经完全相信了这场大戏。但是对于我的考验才刚刚开幕，明天晏河也将到达西平，他与陆紫缨会合到一处，对于我是一个极大的危险。只要两个人不想配合我演戏了，便可随时举报揭发我。顷刻间，我就会从八面威风的调查组副组长现形成骗子。

四年前，陆紫缨和晏河至亲的人，死在我做的局中。今天，我死在自己做的局中，也是陆紫缨和晏河做的局中，也算是公平。我爱上了陆紫缨，成全我爱的人，也是一件有意义的事。我原本以为自己不会拥有爱情，因为骗子不值得拥有爱情这样美好的情感。关于爱情，我至今记得那个心理医生给我灌输的心灵鸡汤，他曾经对我说，等你遇见一个拥有悲悯心的人，一定不要错过，因为她能教会你爱。等你遇见一个阳光灿烂的人，一定不要错过，因为她会照亮你内心的黑洞。虽然我认定心理医生也是一个骗子，但是我记住他的话。陆紫缨曾经像一束阳光，让我空洞的心一片敞亮。她像一个受伤的天使，呵护着那些被我欺骗的人。一个月前，我还无比笃定，陆紫缨将是我今生的爱人。如果不是阿宣给我消息，我至今还沉醉在自己设计的爱情局里。骗子的世界竟是如此残酷，我在别人的局里做着我的局。从这个角度来看，陆紫缨也是骗子。骗子爱上骗子，就是骗子的报应。如此说来，难得糊涂才是人生至高境界。年轻时候，总想活得明白，等真的明白了也就觉得没什么活头了。

我之所以坚持做完这个局，是因为要兑现我对堪布的承诺，还能成全那十多个肢体不全的孩子。想起这个局的原委，真的很讽刺，一个骗子要去兑现承诺，一个骗子要去成全别人……

30

　　三辆车、全体人员前往机场迎接一号首长，旨在营造前呼后拥的气氛。酒店里只留下陆紫缨，她要负责接待陆陆续续找上门的访民。访民被暗示的时候，我们刻意安排了不同时间，以保证每天都有访民找上门来。

　　为了预防被人偷拍辨认，也为了制造神秘气氛，一号首长进入玉海大酒店后，便不再出门，他的三餐饮食全部由酒店提供送餐，且不允许服务员进入房间。一号首长到达西平当天晚上，玉海大酒店这条街上也随之增加了巡逻警察，我们浑当不知情，继续着全天候沉浸式表演。晚上的全组会议必不可少，我甚至没有写今天晚上开会的剧本台词，因为我要求把这几天接待上访的情况，向一号首长进行汇报。已经有了前天晚上的预演，今天晚上的工作汇报会越发逼真，我一度真的怀疑自己是不是在做梦。会议再次持续到深夜才结束，其间，负责在酒店大堂监控的张广友发来一条微信：大堂里至少有六个便衣警察。

我回复：你如何辨认便衣警察？

张广友：便衣警察便得不认真，穿的都是一水儿警裤。

对于这样的局面，我的内心也是充满忐忑，因为楼下是戒备森严的便衣警察，我的身边除了一群从北影厂门口骗来的群演，还有两个虎视眈眈的复仇者。饶是我的心理素质过硬，也会时有惴惴。这样的刺激，不是平常人能够体会到的。我享受肾上腺素飙升的同时，还要把一场骗局完美地呈现，因为每一场骗局于我都是一场行为艺术。这也是我对做局的基本要求，因为我是一个有追求、有情怀的骗子。

会议结束后，我下楼巡视一圈，发现大堂里确实如张广友所言，有六名便衣警察。他们神情坦然又放松，显然这是一个普通又轻松的警卫差事。看到这等情形，我的心稍稍平静下来，转身走进酒店的花园。在一座太湖石假山后面有几张桌椅，我坐在靠近假山的一把椅子上，给自己点上一根烟，悠然地享受轻松一刻。一根香烟堪堪要抽完，忽然，闻听假山另一侧传来陆紫缨的声音。

陆紫缨说："我们这样做，是不是赶尽杀绝？"

另一个男性声音传来："他对你的父亲、对我的母亲难道不是赶尽杀绝？他是一个彻头彻尾的骗子，他不是坏人，难道骗子里面还有好人？"

这个男性声音，正是今天刚刚到达的晏河。

陆紫缨说："我们俩现在跟他一样在行骗，我们俩也是骗子，难道我们也是坏人？"

晏河说："我们俩是被他胁迫之后，才做的骗子。"

陆紫缨说："我们没有被胁迫，我们是主动找上他的。"

晏河说："因为他害死了我们至亲的亲人。"

沉默片刻后，陆紫缨说道："害死我们的亲人，不是他的本意，他的本意就是骗钱，得知出了人命，他在尽力弥补，所以才会做局弥补常春藤。"

晏河冷笑着说："钱呢？阿宣跟他是铁血搭档，

你真的相信骗子的鬼话?"

陆紫缨说:"如果是存心欺骗,他完全可以跟阿宣一样消失,他为什么还要去海宁赴约?他们已经有了一百多亿,为什么还要冒险做这个局?"

晏河说:"你为什么总替他说话?你该不会是爱上这个杀父仇人了吧?"

陆紫缨略有些气恼:"你不要胡说,就算我这辈子嫁不出去,也不会爱上一个骗子。只要想到我爸爸惨死的样子,我的心里只剩下仇恨,我做梦都想他死!"

晏河说:"还算你明智,我觉得他做这个局的目的,就是要把我们俩给收拾了,因为他已经识破我们俩的身份了。"

陆紫缨问道:"收拾我们俩?证据呢?"

晏河说:"安排我第二批到达,然后,又让我做诱饵,做完诱饵马上回北京,他是故意把我们俩拆分开来。"

陆紫缨沉默片刻,说道:"仅凭这一点,不足以说明他已经识破我们的身份……"

这时候,有一男一女说着话走过来,打断了陆紫缨和晏河的交谈,两个人匆匆走向酒店大堂。

31

晏河终于被人盯上了。在酒店大堂里，一位戴眼
镜的官员模样的人拦住他，两个人站在大堂一处角落
里，聊了大约有十分钟。躲在大堂酒吧里的曲东，拍
了一张两个人站着聊天的照片，第一时间发送给我。
此前，在大堂里"轮值"的三位司机，已经分别有人
与他们主动攀谈过，好在三位司机演技在线，即兴表
演也拿捏得恰到好处，没有露出任何破绽。其实，对
方对我们也了解颇深，他们知道张广友、曲东和李博
祥是司机，从他们身上探听不到有价值的信息。对方
之所以能够找上晏河，那也是因为我想让他们找晏河
的。作为最后到场的"大人物"的随行人员，晏河肯

定会被盯上，因为他年轻又帅气，很容易被人联想到是首长身边的花瓶人物。这种人设的唯一功能就是被利用，被首长利用也被首长的对手利用。因此，我规定所有人员下楼必须两到三个人同行，只让晏河每天独自出入酒店数趟。

大约五分钟后，晏河发微信给我：他们找我了，应该是廖副市长的秘书，约了晚上在外面某处面谈，我说我考虑一下。

我回复道：一个小时后再答应他们。

晏河回复道：明白。

这一刻，我也想明白一件事：既然晏河已经认为我识破了他和陆紫缨的身份，为什么还要不遗余力地配合我的冒险"演出"，合理的解释只有一个，那就是为了钱。拿到钱之后，他和陆紫缨便不可能再去举报我，那么他们俩要复仇也就只能自己动手杀了我。上个局结束后，我给晏河三百万，给陆紫缨一千万，普通人一辈子都难以赚到这么多钱。人心就是这么贪婪，他们还想拿到更多的钱，拿到更多的钱之后再干掉我……

这两天以来，我的情绪低落到了极点。陆紫缨那句"我做梦都想他死"的诅咒，说得斩钉截铁，就像梦魇一样在我耳边不停地回荡着。这一刻，一个似曾相识的感受在我心底涌现，那就是我离开巴林寺的时候，堪布对我说的那句话：众生皆苦，唯有自度。我背负上了两条人命之后，寝食难安，日夜煎熬，谓之苦。陆紫缨和晏河的亲人自杀，他们俩处心积虑想着复仇，谓之苦。大哥曾经赌技傍身纵横江湖，如今变成桩子栖身寺庙，谓之苦。阿宣虽说卷走了一百多亿，他的良心肯定也在极度纠结，谓之苦。常春藤投资被骗的人，谓之苦。被我割了韭菜的股民，谓之苦。西平的官员平日里风光无限，如今得知"调查组"莅临，一个个胆战心惊唯恐丢掉乌纱帽，谓之苦。没错，众生皆苦！

还好，我已经能够俯视众生之苦。所以，我也是那个率先自度之人。

半夜时分，晏河回到酒店，立刻给我发来微信：见到了廖副市长，一切按照剧本进行。

我回复道：做好准备，明天送你回京。

所谓的按照剧本进行，便是抛出晏河这个诱饵，与目标人物接洽，顺便给目标人物提供信息，暗示我是那个能够左右调查组局势的人。然后，调查组内部发现晏河给被调查人通风报信，当即受到严厉惩罚，第二天便被押送回北京。

第二天上午十点左右，大堂酒吧里的曲东发来微信：眼镜官员进入酒店大堂。

杨轶鹏、尹川和李博祥三人立刻押送着晏河下楼。晏河的双手被戴上手铐，一件黑色风衣搭在双臂交叉处盖住手铐，一副一夜未睡的垂头丧气神情。路过酒店大堂时，廖副市长的秘书目睹这一幕，脸上露出惊恐的神色。我们的黑色奥迪轿车驶离酒店之后，廖副市长的秘书赶忙钻上一辆轿车，紧跟着黑色奥迪轿车去了西平机场。

经过数天观察，我发现杨轶鹏、尹川、李博祥三个群演的演技跟不上团队的节奏，不仅背台词的痕迹严重，而且经常把戏演过了头。这个局到了关键时刻，每个角色都要铆足劲儿，不能出半点差错。所以，我只好让这三个演技稍差的人"押送"晏河回京，借机把他们打发走。

接下来，将是最难熬的时刻。我严格限制任何人下楼和外出，除了在酒店大堂里负责监控的曲东和张广友。这两个家伙虽然"戏份"不多，每天只负责监控和外出购物，但是把握表演的火候不亚于老戏骨。一个在国家级部委开车的司机，连我自己都不知道该是什么样的状态，这两个人不卑不亢不温不火，举手投足都做得很有分寸，显然是认真琢磨过自己的角色。如果以后还需要做局，我一定重用这两个人，至少出演男二号男三号的角色，而不是司机。我喜欢敬业的人，不管做哪个行业，要么敬业，要么不做。这也是陆紫缨最初吸引我的原因，看来，她还是了解我的，虽然做常春藤时与她接触甚少。

六个小时后，收到晏河在北京落地的消息。我让他隐匿休整，等候我的下一步安排。晏河答应之后，便不再言语。时间一分一秒走过，我的心也开始悬了起来。在我心里，这个剧本有一个预案，如果到今天晚上十点钟，大鱼还不咬钩，便立刻撤离西平。

为了不让自己焦虑，我只好从头到尾梳理着自己编写的剧本。突然，有个环节让我浑身打了一个激灵：我心里猜测，晏河绝不可能踏踏实实待在北京，他有可能即刻杀个回马枪，回到西平。我不怕晏河回西平，我担心的是，他回到西平入住别的酒店，他登记的身份信息立刻会被西平警方掌握，我的戏也就演到头了。想到这个环节，我的身上渗出一身冷汗。我赶忙抓起座机，给陆紫缨的房间拨通电话，让她过来一趟。我要求几个完全进入角色的演员尽可能多地使用房间电话，因为，我们房间的电话有可能会被监听。

陆紫缨走进房间，问我有什么安排。我装作像平时一样，说是找她闲聊天。闲聊过程中，我貌似无意地说了一句，你最好在以后五年之内不要来西平旅游。陆紫缨问我，为什么。我说，五年内，西平目前的一些官员还在任期内，你到西平后入住酒店的信息就会被警方掌握，会引起不必要的麻烦。我说完这句话，看到陆紫缨装作不经意地打开手机，应该是在给晏河发信息。陆紫缨发送微信的时候，仍是一脸平静。我心中暗自惊诧：陆紫缨到底是一个什么样的女人？

32

　　晚上九点半钟，响起悠然的门铃声。我紧绷的神经瞬间放松下来，整理一下衬衣，走过去开门。门外站着一位戴眼镜的中年男人，我一眼便认出来，这是廖副市长的秘书，因为曲东给我发过他与晏河在酒店大堂聊天的照片。

　　我板着脸，问道："你找谁？"

　　廖副市长的秘书含胸点头，满脸堆笑道："覃组长，我叫王国聪，是廖副市长的秘书。"

　　我仍旧板着脸："哦……你有事吗？"

　　王国聪缩着肩膀，两个膝盖甚至也跟着微微下曲，说道："是这样，廖副市长想来拜访您，他现在就在楼下车里等着，您看您现在方便吗？"

我叹了一口气，带着不耐烦的口气说："不方便私人会晤，我是来公事公办的。"

说罢，我便做关门状。

王国聪急忙伸出手，顶在房门上，说道："廖副市长觉得这其中有很多误会，所以，他想亲自来与组织沟通……并且检讨。"

我欲擒故纵的目的，就是让这个马仔透露更多信息。看到我拒绝的姿态，对方居然曝出廖副市长是前来"检讨"的底牌，让我更有信心给这个局画上一个完整的句号。我做出犹豫状，但是已经垂下关门的手臂。

王国聪见状，赶忙趁热打铁，说道："廖副市长很有诚意的，覃主任有什么想法尽管提，尽管提。"

我冲着王国聪微微点了点头，王国聪如逢大赦，转身一溜烟跑向电梯间。我虚掩着房门没有关，转身打开套间外的电视机，并将音量关到最小，开始投屏手机里的《晚间新闻》节目。

片刻过后，再次响起敲门声，王国聪陪着廖副市长走进房间。我没有讲话，只是沉默着打量起廖副市长，此人微胖的中等身材，长了一副略显威严的官相，但是两个眼睛里充满了不安和欲望。廖副市长的眼袋有些突出，应该是最近睡眠质量不好，抑或是长期纵情酒色造成的。

廖副市长往前紧走两步，用力地握住我的手，热情并夸张地说："覃主任，可把您给盼来了。"

我淡淡地回道："廖副市长这个话说得言不由衷，大概没有地方会盼着我去吧。"

廖副市长略显尴尬，僵在原地不知所措。我抽回手来，示意他坐在沙发里。

廖副市长忐忑不安地把半个屁股坐在沙发上，转头对王国聪说："去车里，把我的汇报材料拿上来。"

我拿起房间里的电话，拨通陆紫缨的房间电话，对她说："我要会见一位地方官员，你过来做一下记录。"

坐在沙发里的廖副市长有些失望，他嗫嚅着："覃主任，我这次算是私人拜访……没有必要做会谈记录吧？"

我故作轻松一笑，说道："覃某人以身许国以来，再无私事，就连名字都不属于我，今天姓覃，明天姓余，没办法，谁让你我都是官家的人呢。"

我的话音刚落，陆紫缨轻轻敲门走进房间，随手关上了房门。这种场合，不适合介绍双方身份，陆紫缨落落大方地坐到沙发对面的办公桌后面，正好面对着电视机。我端起两个茶杯，准备沏茶。廖副市长肥胖的身体像是从沙发里弹起来一样，弹到我的跟前，夺走我手里的茶杯，一路小碎步走到吧台区烧水沏茶。他大概平时没有干过这种琐碎的活儿，笨手笨脚地沏茶，碰得杯子乱响。

　　我端起保温杯，大喇喇坐进沙发里，对廖副市长说："廖副市长有什么想说的，说吧。"

　　廖副市长只给自己沏了一杯茶，即便是在这种情形下，他依然保持着自己的架势，绝不会给自己的秘书沏茶。

　　廖副市长不自然地瞄了陆紫缨一眼，干笑两声，对着我说道："我先向覃主任汇报一下西平的大体状况吧，西平是一个自然环境和人文环境都很特殊的地方，这两年书记一病不起，市长空缺，我这个常务副市长被肩上的担子压得喘不过气来。好在我是土生土长的西平人，参加工作以来，除了去甘肃挂职过三年，再也没有离开过西平，所以，我是对西平最了解的人……"

我摆了摆手，对廖副市长说："这些官样文章就免了吧，如果没有实质性要谈的事情，咱们就到此结束吧，廖副市长。"

廖副市长的脸瞬间涨红了，眼神中闪烁着犹疑、散乱的亮光，并把身体往前送了送，在沙发里坐成笔直状。

这时候，响起敲门声，陆紫缨急忙走过去开门。宋芳菲拿着一沓文件走进，说是需要我签字。我掏出笔来，在宋芳菲打开的文件里一遍又一遍地签字。签字完毕后，宋芳菲收起文件，问我晚上几点开会。

我看了一下腕表，对宋芳菲说："我这里有事情需要处理，你们先忙着，一会儿等小陆通知。"

宋芳菲称是，抱着文件走出房间。

恰巧王国聪拿着一沓材料进门，他的眼睛盯着我，对廖副市长说道："廖副市长，这里面可能有蹊跷。"

廖副市长转头看着王国聪，一脸疑惑。

王国聪把眼神从我的脸上挪开，对廖副市长说："我刚才在电梯间里，听到他们当中的两个人在说悄悄话，说什么戏演得差不多了，该回北京了。"

我的心里顿时一惊，不知道是哪两个货色出戏了。

就在这个紧要关头，突然，陆紫缨指着电视机说道："覃主任，您跟总理会见坦桑尼亚总统的新闻播出了。"

尚未等我起身，廖副市长的肥胖身躯再次从沙发里弹起来，快步走到电视机跟前。《晚间新闻》是经过晏河技术处理的，把总理身边的一位部长换成我的头像。晏河昨天晚上处理完图像，让我观看的时候，我几乎看不出任何瑕疵来。我问晏河，这个技术处理难度大不大。晏河说简单至极，部长站在那里一动不动，人家电视剧里换人头一换就是几十集呢，而且都是动态的。

我装作漫不经心地看了一眼《晚间新闻》里的"自己"，对陆紫缨说道："小陆，把电视机关掉，我们在谈工作呢。"

陆紫缨答应一声，用遥控器关闭了电视机。

廖副市长从王国聪手里接过文件，对着他小声骂道："滚出去！"

王国聪一脸羞愧之色，低着头走出房间。

廖副市长转过头来，旋即换了一副嘴脸，说道：

"覃主任，您别见怪，这个家伙等我回去再收拾他。"

我对着廖副市长摇了摇头，表示我不介意这种小事情。

廖副市长沉吟片刻，接着说道："覃主任，您看能不能让小陆同志先回避一下，我有非常重要的事情要向覃主任单独汇报。"

我看了一眼廖副市长，他的眼神似乎不再似先前那么散乱，想必他已经下了某种决心。我故作犹豫后才点了点头，陆紫缨收拾起笔记本，走出房间，并关上房门。几乎就在房门关闭的同时，廖副市长站起身来，竟然"噗通"一声跪在我的面前。我仍旧稳坐在沙发里，一副"你死定了"的姿态。

廖副市长跪着，用膝盖往前挪了两步，声泪俱下，说道："覃主任，不管您认不认我这个老哥，我都认您这个兄弟了，您给我指条明路，我廖某人就算死上一百回，也会报答您的大恩大德……"

我正气凛然道："你这副做派成何体统！"

廖副市长擦了一把眼泪鼻涕，自顾自地说道："覃主任，您如果把我当自己人看，您就提个条件，什么条件我都能答应，哪怕是让我以死相报都可以。"

我不为所动，呵斥道："你连死都不怕，还怕组织上追责吗？执政一方，如果不能为这一方的黎民百姓造福，至少也不能祸害人民。你能坐上今天的位子，也是组织对你的信任，可你贪腐成性，置百姓生死于不顾，仰愧于天，俯怍于民，真是死不足惜！"

廖副市长哽咽着，说道："覃主任骂得好，我真是罪该万死，死不足惜，所以……请覃主任给我指一条明路吧。"

沉吟许久，我长叹一声，说道："这样吧，你去准备两千万欧元，要面值五百元的，我准备援助坦桑尼亚对抗'新冠病毒'的侵袭，这是我对坦桑尼亚总统的私人承诺，所以你得给我准备现金。"

廖副市长拍着胸脯站起身来，说道："没问题，两千万欧元可能凑不起来，凑不够数的用美元顶，可以吗，覃主任？"

我说："可以，明天上午把钱送到酒店来。"

廖副市长连声称是，准备出门。

我说："等一等，你今天晚上立刻安排，先把解放西路旧厂房里的残疾人解救出来。"

33

我在寂静的等待中，迎来西平今天的第一束阳光照进房间。冬日的阳光像一只温暖的手，拂过我的额头、脸庞和胸口，直到围裹我的全身。沐浴朝阳的时候，才能感受到时光的流逝。

上午十点钟刚过，廖副市长和王国聪便来了，他们一人拎着两只黑色大提包，看上去很是吃力。放下提包，廖副市长示意王国聪出去。待房门关闭后，廖副市长拉开一只提包拉链，说好不容易凑了一千三百万欧元，还有八百万美元。我从包里抽出一沓欧元和美元，拿起桌子上的验钞机验明真伪。

廖副市长说："覃主任，昨天晚上已经安排了，警察解救出解放西路的乞丐，全部都送去福利院了。"

我拉上提包的拉链，对廖副市长说："嗯，很好。"

廖副市长问道："那么……接下来呢，覃主任?"

我说："你的问题先挂起来吧，我已经通知调查组，今天回北京，关于你的资料先封存在我那里，咱们过了年再说。"

廖副市长说："请覃主任高抬贵手，您看还需要我做什么?"

我拍了拍廖副市长肩膀，说道："一辈子花不了太多钱，却能造很多孽，你好自为之吧。"

廖副市长的神情颇为激动，他握着我的手，甚至想拥抱我，被我推开了。

上午十一点整，剧组全体人员乘坐三辆黑色奥迪轿车驶离酒店，廖副市长等人站在酒店门口，一直目送着我们走远。有两辆轿车不疾不徐地跟在我们后面，一直监看着我们进入高速公路入口。

高原、阳光、畅快的高速公路，又一个完美的局。这些年来，我几乎不会为行骗来的钱的数额开心。能够令我心动的，只有创意，一个如何做局的创意。中间有那么几年，我一度冲动着想去弄一家创意广告公司，自觉凭我的智慧和创意，也能做到行业顶尖水平。我的创业冲动，最后被阿宣泼了冷水。他觉得广告公司做得再大，在雷引村也搬不上台面，属于不务正业。雷引村能够光宗耀祖的唯一正经行当，就是做局，做大局，做天下大局。余三叔曾经有一句名言：骗一个人的是骗子，骗一群人的是大盗，骗全天下的则是帝王。

我生就不是守财奴，更没有做帝王的野心。做局于我，就是一场行为艺术，严丝合缝到浑然一体，华丽流畅到赏心悦目，一直以来都是我做局的不二追求。当然，最好是把伤害降到最低点。如果伤害不可避免，那就像刚刚结束的这个局，只作践贪官污吏。

萧瑟的高原风光，流水一样滑向身后，我的思绪却飘向更远的将来：接下来，我该何去何从？我还要不要继续做局，再去弄个一百亿，把常春藤重新做起来？晏河和陆紫缨还会给我机会吗？想到陆紫缨，她那斩钉截铁的声音就会响彻在我耳边：你不要胡说，就算我这辈子嫁不出去，也不会爱上一个骗子。只要想到我爸爸惨死的样子，我的心里只剩下仇恨，我做梦都想他死！

拈花拂柳，阅人无数之后，我居然爱上了找我寻仇的女人，这大概也是我的劫数。也许，我还需要做一个局，这个局不要钱，只要时间。只要给我足够的时间，我便能够与陆紫缨和晏河化干戈为玉帛。因为人人都有欲望，欲望就是人的软肋，陆紫缨和晏河也不例外。两个被仇恨蒙蔽眼睛的年轻人，在找到我之后，又被金钱熏染了心。我之所以还能活到现在，是因为他们还没有拿到钱。上个局的一百多亿幸亏被阿宣占为己有，如果晏河和陆紫缨得到机会，此刻，我大概已经死无葬身之地了。凡事都有另一面，阿宣盘踞着一百多亿，我才有机会去玉海高原，然后遇到我的大哥，并将他营救出苦海。不仅安置好了大哥的余生，我还为世间留下一座庙。虽说修庙的钱是骗来的，可我的发心却是慈悲的。极度商业化的社会，很多所谓的商业机会，只不过是一个骗局接一个骗局。民间借贷无异于饮鸩止渴，给了众多骗子大显身手的机会。而我，便是其中一介，常春藤就是在这样的大环境里诞生的。常春藤在创意方面毫无含金量，只不过是被骗子们玩烂了的庞氏骗局。常春藤的"剧本"是阿宣编写的，他极力想捞一笔大钱，然后去加那利群岛建立自己的海岛王国。我之所以迷恋重做常春藤，是因为那三年让我有了做正经人的感受。

车窗外的苍凉景色，已经让我产生审美疲劳。一样的远山，一样的丘陵，一样的黄色衰草，一样的绿色隔离带，像单调的催眠画板……一阵瞌睡袭上头来，我便沉沉睡去。在彻底失去意识之前，大脑里还有两个断断续续的问号：此刻，晏河藏身何处？他将如何得到觊觎已久的两千万欧元？

34

我一觉睡到兰州。车队抵达兰州之后，我和陆紫
缨拎着四提包欧元下车，车队继续上路，返回北京。
群演们下车，一一与我们俩握手告别，说的还是不着
调的官腔。他们真的入戏太深了，这就是热爱表演的
人的通病。假以时日和机会，这些群演没准真能演上
戏。望着远去的车队，我给群演们每人发了两份劳务
费，希望他们把表演状态一直保持到北京。

我和陆紫缨下榻在一所不起眼的公寓酒店，酒店
是陆紫缨从网上预订的。我心里十分清楚，晏河今天
晚上也将出现在那所公寓酒店里。我的计划是做一个
不再骗人的局，不欺骗对方，也不欺骗自己。我准备

向陆紫缨和晏河真诚道歉，以求得二人谅解。并且，我会立誓，今生绝不再做局行骗。我还要把这次做局赚来的钱，留下一些钱资助巴林寺的孩子安义肢，其余的钱全部送给陆紫缨和晏河。在此之前，我之所以不说破，只是想再次印证陆紫缨到底爱不爱我。或者说，再次印证陆紫缨是不是真的恨到想让我去死。因为，这个世界上最扎心的不是被骗，而是被深爱的女人诅咒去死。

入住公寓后，陆紫缨便下楼去超市采购，她说今天晚上要给我做一顿可口大餐。陆紫缨做事非常干练麻利，不多会儿，便拎着两个大方便袋回到公寓。望着她在厨房里忙碌的背影，我竟有些陶醉，陶醉这一刻的温馨和幸福感。爱对于我，是最缺失的情感。一个缺爱的人，甚至会不惜沉醉于一场爱的骗局里，即便这个人是一个骗子，即便是这个骗子已经洞悉这场骗局。这些年的行骗做局生涯里，我远离所有爱，排斥任何人，因为我了然人性的贪婪与不堪。为了不让自己失望，我拒绝靠近任何灵魂。凡所有相，皆是虚妄。我的父母亲都是很现实的人，我从小傻头傻脑，还被人骗，所以很不招父母亲待见。在雷引村里，不招父母待见的孩子，在外也会被人欺负。我想，我这些年来沉湎于做局，无非是骨子里的自卑感作祟，也是想在父母面前、在雷引村里得到肯定。我在这个世界上得到过唯一的亲情之爱，来自于我大哥。所以，大哥沦落成今天的样子，尤其让我痛心。

我的心思正胡乱飘着，陆紫缨已经张罗了一桌子酒菜，有尖椒爆牛肚，有油煎手撕牛肉，有剁椒三文鱼头，有百合炝西芹，有莼菜莲子羹，还有一瓶苏格兰十八年的威士忌。我们两个人相对而坐，对酌无言，只好埋头吃菜掩饰尴尬局面。忽然，陆紫缨说口渴，然后起身穿上风衣，说是要去公寓大堂里买两杯鲜榨橙汁。随着陆紫缨的关门声响起，我的心也变得悲凉起来，我知道她要动手了。因为无人机售的鲜榨橙汁是冰镇的，而我刚才在洗手间的垃圾桶里，分明看到一个卫生巾包装袋，那是陆紫缨刚刚用过的。今年春天，在厦门做局期间，陆紫缨在来例假的时候连冰淇淋都不吃，现在又如何肯喝冰镇的鲜榨橙汁呢？我赶忙走进陆紫缨的卧室，翻找她的背包。在晏河到达西平后，趁着开全组讨论会，我曾经潜进过陆紫缨的房间，发现她的背包里有一整瓶安眠药。此刻，她的背包里已经找不见装安眠药的瓶子了。

不多会儿，陆紫缨回来了，手里端着两大杯冰镇的鲜榨橙汁。面色平静地递给我一杯，然后自顾自地、大口地喝着自己的鲜榨橙汁。放下杯子后，还不忘赞美一句，真过瘾！这是暗示性引导，引导我去喝那杯冰镇的鲜榨橙汁。我强忍住绝望，端起杯子来，"咕咚、咕咚"一口气喝下大半杯。我眼睛的余光扫过陆紫缨，她的嘴角翘起一丝不易觉察的微笑，而我的心却在抽搐。放下杯子，我微笑着对陆紫缨说，口感真的不错。这一刻，我的心中已然鲜血淋漓，锥心刺骨般地痛楚袭遍全身。是的，陆紫缨压根就没有爱过我，她的心里只有复仇。在这个世界上，不是所有的爱都会得到回馈，落花遇流水，爱恨总相逢。

如其所愿，我将一大杯橙汁全部喝完，还装作俏皮地展示给陆紫缨看。陆紫缨的面色仍旧像湖水一般，看不见丝毫波澜。绝望的我，有些瘫软，我真是愚蠢至极，为什么要一再印证陆紫缨是否爱我。她不爱我、恨我才是正常的，她想复仇也是正常的。我凭什么对她有要求，她唯一的亲人因我而死，我有什么理由让她爱上我？

我站起身来，对陆紫缨谎称自己犯困，便做踉跄状走回到卧室。卧室里，四个装满欧元美元的大提包横躺在地上，钱对我真的没有丝毫吸引力。我颓然卧倒在床上，片刻后，我睁着双眼，打起了微鼾。我想看戏，看晏河如何登场，看陆紫缨和晏河如何复仇。当我发现陆紫缨包里的安眠药之后，就知道这是针对我的。第二天，我便去药店买了一瓶维生素B，再次潜入陆紫缨的房间，把瓶子里的安眠药全部换成维生素B。

　　约摸过了十分钟，陆紫缨轻轻敲了敲门。我没有作声，继续打着微鼾。陆紫缨推开房门，喊了两声"余总"，我回应着均匀的鼾声。陆紫缨走出卧室，传来打开公寓防盗门的声音。

　　紧接着，传来晏河的声音："他着道了？"

35

卧室的门被推开，借着客厅的灯光，我看到两个人影走进来，我闭上眼睛。

陆紫缨说："已经睡实了。"

晏河似乎不放心，推了推我的腿，叫道："余总，余总。"

我继续着鼾声，身体没有做任何反应。他们没有开卧室的灯，大概是担心灯光刺激到我。

"哗"的一声响，提包拉链被拉开。我微睁开一条眼缝，看见晏河蹲下身来，正在验看提包里的欧元和美元。

陆紫缨站在原地，小声问道："没问题吧?"

晏河说："没有问题。"

陆紫缨说："这四只提包太重了，怎么弄走？"

晏河说："我租了一辆越野车，车就在楼下。"

晏河站起身来，犹豫了一下，从口袋里面掏出一个亮晃晃的物件，递给陆紫缨。借助客厅的光亮，我看清楚陆紫缨接过来一把将近一尺长的匕首。

晏河对陆紫缨说："现在该料理姓余的了。"

陆紫缨握着匕首，似乎有些紧张："我……？"

晏河说："你不是说过，做梦都想他死吗，现在，我把这个机会给你了。"

陆紫缨往前走了两步，站在我的床前，自言自语道："没错！我做梦都想杀了他，为爸爸报仇……"

陆紫缨抽泣着，说道："妈妈去世后，爸爸为了不让我受委屈，他一辈子都没再结婚……我虽然没有享受过母爱，可是爸爸一直把我保护得很好……也怪我财迷心窍，让爸爸去投资常春藤……后来，我才知道爸爸得了癌症，他为了让我以后的生活有保障，甚至抵押了房产做投资……谁知道，被这个……被这个骗子骗得血本无归……"

晏河在一旁催促道："别控诉了，抓紧时间吧。"

陆紫缨止住哽咽，双手举起匕首。这一刻，我的两行热泪夺眶而出，我竟然没想过躲闪，一时间心如死灰。我想，就这样吧，就这样结束我的生命。都说骗子不得善终，可我至少死在我爱的女人手里，也算是一种圆满吧。我曾经戏言过，今生遇见爱情的几率，低于遇见鬼。我遇见了今生的爱情，也遇见了鬼。

就在陆紫缨的双手即将落下的时候，晏河一把抓住了她的手臂，将她手中的匕首夺了过去。

陆紫缨有些惊诧，她一声不吭地望着晏河。

晏河笑着说："我就是想试探你，看看你是不是爱上了这个骗子。"

陆紫缨有些嗔怨，说道："我只爱你，你为什么不相信我？"

晏河说："我相信你，只是我不相信这个骗子，他不仅会骗人钱财，还会骗人感情，你没看他能把人骗得五迷三道团团转吗。"

陆紫缨问："试探完了又怎样，就这样放过他了？"

晏河说："一刀子结束他的性命，岂不是便宜了这个骗子。"

陆紫缨望着晏河，等待他的下文。

晏河冷笑一声，说："我已经把这里的卫星定位发给了廖副市长的秘书王国聪。"

陆紫缨说："给王国聪发卫星定位有什么用？他们现在已经吓破了胆子。"

晏河说："我把PS过的《晚间新闻》两段视频也发给王国聪了。"

陆紫缨禁不住"啊"的一声叫出来。

晏河冷冷地说："所以，根本不需要我们亲自动手。"

我也没想到晏河会这般恶毒，竟然把我们的老底儿抖了出去。不消说，廖副市长看到那段没有PS过的《晚间新闻》，一下子就全明白了。我估计，廖副市长派出的人此刻已经在路上了。就在我的大脑飞速运转着，考虑应对之策时，我看见陆紫缨正转过头来看着我。也就在此刻，我看到晏河在陆紫缨背后举起匕首，并对着陆紫缨的后背刺了下来。陆紫缨眼睛的余光大概扫到这一幕，她在喉咙里发出一声惊呼。在这电光石火之间，我一跃而起，一把推开陆紫缨。同一时刻，我的耳朵里竟然听见"噗嗤"一声响，晏河的匕首正好插进我的胸膛。还未等剧痛传遍我身体的神经末梢，我便用双手死死掐住晏河的脖颈，双腿在床上用力猛蹬，将身体的全部重量砸向晏河。晏河在倒下去的瞬间，右手握紧匕首，用力扭动了一下，刀口在我的胸口掀开一片缝隙，我心脏里的血顺着匕首激射出来，喷满晏河整张脸。我的突然袭击，使得晏河没有半点防范，他的身体完全失去重心。于是，两个男人的身体重量一起摔倒在地上，我的耳边传来一声沉闷的声响，晏河的后脑勺正好撞上大理石茶几的角上。插在我胸口的匕首手柄也砸中晏河的额头，我能感觉到匕首穿过我的心脏，刺穿了后背。晏河的脑袋耷拉下来，我用尽全身力气，翻转一下身体，躺在两个黑色大提包上，提包里装满了欧元和美元。我吃力地举起一只手，搭在晏河的颈动脉上，发现他已经失去了脉搏。陆紫缨则跪在床边，一时间像是僵住了。是啊，这一切变化来得太快了，让人来不及反应。

就在这时，从公寓走廊里传来一个年轻女性的声音："A座2901——晏河，晏河，你在这里吗？"

瞬间，我脑子里的逻辑线对接上了：晏河有自己的恋人，还假装与陆紫缨谈恋爱，所以，晏河才会杀陆紫缨，想独吞所有钱。

我对陆紫缨小声说道："这是晏河的同伙，你赶紧……去告诉她，说这是B座，说她上错了……楼座。"

陆紫缨反应迅速，她起身走出卧室。在公寓门口，陆紫缨按照我的说辞，搪塞过去晏河的同伙，关上了公寓的房门。

时间仿佛停止了，我感觉到心脏里的血正在"汩汩"地流向体外，我的眼底泛起一粒粒黑点，呼吸也变得越来越困难。我想，这大概就是即将死亡的感受……

突然，一只手轻抚过我的脸颊，就像是昨天早晨的朝阳，让我觉得温暖。

陆紫缨带着哭腔，嘴里念叨着："怎么会这样……怎么会这样……"

我用足全身力气，抓住陆紫缨抚摸我脸颊的手，对她说："快……快点离开这里，……把钱全部带走，换成人民币后……送一千五百万到巴林寺，那里……那里还有十多个孩子，等着……等着做手术……安假肢，剩下的钱，算是我对……对令尊的赔偿。答应我……答应我……"

我喘了两口粗气，歇息了会儿，指着床上对陆紫缨说："把我……手机带走，里面有一段……廖副市长下跪求情的视频，把它……发到网络上，你就……就安全了。"

陆紫缨抽泣着点了点头，几点热乎乎的泪水，跌落在我的脸上。

陆紫缨哭着问道："你为什么要替我去死？"

我勉强在脸上堆出微笑："因为……我爱上了你，爱了……就要……就要护你周全……不让你……受伤害……"

陆紫缨哽咽起来，问道："你爱上了我？你……确定不是在骗我？"

我从口袋中摸索出一直被我贴身珍藏的粉钻，用尽全部力气递到陆紫缨面前。我还想最后望一眼粉钻的晶莹璀璨，可我的眼睛里布满了黑点，已经看不清任何事物，我用最后的一丝力气，说道："我发誓……我……没有骗你……"

待我要强调我的誓言时，我张了张嘴，已经发不出任何声响。我心里明白，我的生命已经走到尽头。我眼里的黑点连成一片，像是遮上了一张黑幕，这是我人生的黑幕。从陆紫缨的眼泪，我判断她会替我把钱送去巴林寺。她的泪水里，有没有爱我的成分，我便不得而知了。我很留恋这混沌不清的一生……可惜，太短了。如果，此生能够再长一些，我也许就活明白了……

第一稿结于崂山依山伴城

2020年11月25日星期三

第二稿结于崂山依山伴城

2020年12月10日星期四

番外

一

　　耳旁响起一阵嘈杂脚步声，我判断至少有三四个人，他们几乎是一股脑拥进房间的。

　　"是他们。"

　　"赶紧抢救！"

　　一个人跨过我的身体，走到阳台上打电话："我们找到两个人，正在抢救中，钱不见了……"

　　结局在我的意料之中，之所以没有把它们写进剧本，是想留下一个开放式结尾，给观众留下想象的空间，也给我自己铺垫下无数种可能。最中意的故事走向，是我和陆紫缨把钱送去巴林寺，给孩子们接上义肢，他们接下来继续牧牛放羊，也有孩子留在巴林寺做了和尚，还有人装上钛弹力钢板的S形腿，参加了残疾人奥林匹克运动会的百米赛跑……

躲开房间里慌乱忙碌的几个人，我悄悄地走出房门。飞一般地冲下楼梯，没错，我是飞一般地下楼的，而且丝毫不费力气，就像一个拽着氢气球飞奔下楼的孩童，我浑身轻盈得像那个氢气球。我站在两栋楼宇间，左右看了一眼，没有寻到陆紫缨的身影。准确地说，我是飘在两栋楼宇间的。是的，这种轻盈的感觉像是在空气中飘着，这是我从未有过的体验。这种非同寻常的体验，既非多巴胺，也不是内啡肽，虽然说不清楚，但是我有些喜欢。而且……这份喜欢里面，还有一些不确定的难过。总之，此刻的感受是复杂的。

突然，左侧楼宇的拐角处出现两辆警车，警车上闪耀着刺眼的警灯，我赶紧躲藏进一片灌木丛里。我心里牵挂着陆紫缨，她此刻会躲在何处？她一个人如何拎着四只大旅行包逃离？

看到警察们冲上楼梯，我也弹起身体飞上空中……我居然是在做梦？没错，我做过无数飞翔的梦，像神仙一般在空中御风饮露。有时候，也会梦见自己越飞越低，就像一架没有动力的滑翔机一样，滑过树梢，滑过高压电线。每次在梦中遇到这种情况的时候，我的身躯便会努力地往上挺，或是一只脚踩在另一只脚背上，这些操作都能够提高我的飞行高度，支撑着我的身体往前、再往前多飞一段距离。

像以往的梦境一样，我左右脚交替踩着脚背升上高空，而且越飞越高，飞上我在梦中从未到达过的高度，下面的楼宇变成火柴盒，山峦变成平地。突然，一片刺眼的光亮照射过来，我已经看见东方的日出。我摊开四肢不再发力，让身体略微下降一些，避开刺眼的阳光。飞翔竟是如此随心所欲，比我任何一次飞翔的梦境都要真实，真实到感觉自己像一只鹰。不对，我比鹰还要随意，我不需要挥动翅膀，几乎全凭意念就能够自由翱翔。我用意念操控身体、操控飞翔，我的意念甚至知道我牵挂陆紫缨，指引着我沿着一条细线一般的高速公路飞翔。我逐渐降低高度，但是飞行速度却像飞机一样快，耳边的风噪极强。前方高速公路上，出现一辆挂着北京牌照的越野车，而我也知道陆紫缨就在这辆车上。下一刻，我便出现在越野车中。开车的人，居然是《调查组》剧组里扮演司长的杨轶鹏，副驾驶座位上坐的正是陆紫缨。我坐在后排座上，前面的两个人似乎毫无觉察。原来，陆紫缨早有准备，安排提前回京的杨轶鹏在兰州接应自己。难道陆紫缨早已识破晏河的心思？

我问陆紫缨："你是什么时候认识晏河的？"

陆紫缨没有回头，也没有回答我的问题。陆紫缨为什么对我如此冷漠？我可是刚刚救过她的命，她也对着我痛哭流涕……

陆紫缨对杨轶鹏说："杨司长，您在前面的休息站下车吧。"

杨轶鹏说："好的，小陆，你一个人开车，注意别打瞌睡。"

陆紫缨从身上掏出两沓钱，放在车辆中间的操控台上，说道："这是额外的酬劳，覃主任对你的工作很满意。"

杨轶鹏点点头，说道："替我谢谢覃主任。"

说着，车身一抖，杨轶鹏把越野车开下高速公路，进入一个叫栖霞的休息站。

我看了一眼车辆的油表显示，发现油箱只剩下三分之一的油，便对杨轶鹏说："杨司长，麻烦你替小陆把油箱加满。"

杨轶鹏也没有搭理我，而是稳稳停下车，拿起操控台上的两沓美金，对着陆紫缨道一声谢谢，便关上车门走了。此刻，我才意识到，我只是这个梦的旁观者。在梦境里，我大多时候都是参与者，偶尔也会成为旁观者。作为旁观者的时候，我可以不惊扰任何人，但也帮不了任何人。如果我是这个梦的旁观者，那么在现实中，陆紫缨便没有安排杨轶鹏在兰州接应她。按照心理学解释，梦中的这一切，应该都是我潜意识伪装后的意愿、诉求或担忧。

"咔"的一声闷响，陆紫缨坐上驾驶位，她脱掉肥大的咖啡色帽衫，身上竟然露出一件防弹背心。也就是说，刚才就算是我不为陆紫缨挡住晏河那一刀，她也不会有性命之虞。这一回，我没有为陆紫缨喝彩，因为这是我潜意识里为陆紫缨安全的担忧。陆紫缨脱下防弹背心，里面则是一件紧身的黑色薄毛衣，把她上身包裹得凹凸有致。即便是在梦里，我都能感受到自己怦然心动。陆紫缨把防弹背心扔向后座上的我，作为这个梦的旁观者，防弹背心对我也没有任何干扰，它虽然砸落在我怀里，但我的身体却没有任何感觉。防弹背心上的尼龙撕拉扣粘连住陆紫缨的一绺头发，我赶忙伸手帮她剥离头发。大概是头发与撕拉扣粘连得太紧，陆紫缨也把手伸过来帮忙。四双手交织在一起，我忍不住握住她的手，陆紫缨却没有丝毫惊诧，她仍旧自顾自地剥离着自己的头发。如若不是在梦里，我还真不好意思这样大胆和主动。

陆紫缨重新穿上咖啡色帽衫，系上安全带，把车开进休息站的加油区。停车时，越野车的右前轮撞翻一只红色塑料锥。我见识过陆紫缨的开车技术，属于熟练的老司机，不应该犯这种低级错误，她大概是有一点神情恍惚。陆紫缨伸出左手，在仪表盘下面摸索一阵，才打开油箱盖，她让工人给越野车加满油。工人问她，是现金还是手机支付？陆紫缨迟疑一下，说是现金。加油期间，陆紫缨一动不动低着头愣神。忽然间，车内传来一声轻微的抽泣，我的旁观者视角赶忙越过陆紫缨的肩头，像蜂鸟一样悬停在她的面前。这时，我才发现陆紫缨的手掌里正捧着一颗硕大的粉色钻石。一颗泪水跌落下来，正好落在钻石上，发出一声细微的脆响，泪水在粉钻的无数切面中炸裂开来。此刻，朝阳爬上方向盘，橘红色的阳光倾泻进车内，碎裂的泪水滴在钻石切面的折射下，陆紫缨摊开的手掌上方出现了一道彩虹。就在这道彩虹即将消逝时，又一颗泪水跌落下来，再次传来一声细微的脆响。我敢断定，在这个世界上，只有我听见过这么美妙的声音。因为，在我的梦里，我似乎能体察所有细微的声响，况且所有见到这颗粉钻的人，都会无比开心，没有人会像陆紫缨这般伤心悲恸。就这样，在这个狭小的车厢内，那道神奇的彩虹明明灭灭闪闪烁烁……陆紫缨肯定不会注意到泪水碰撞到粉钻发出的细微脆响，她大概也没有看到这道神奇的彩虹，因为她的眼眶里涌满泪水。我不需要再寻找答案，这么多倾泻而下的泪水，难道还不足以说明陆紫缨是爱我的吗？我再也按捺不住了，我捧着陆紫缨泪水斑驳凌乱的脸庞，用我的双唇吮吸着她两颊腮畔的泪水。我这般冲动又热烈的表达，丝毫没有干扰到陆紫缨，她的泪水"汩汩"地流淌着，穿过我的双唇，继续跌落到粉色钻石上，炸裂、升腾、弥漫……直到加油站的工人敲打车窗，陆紫缨才急忙擦拭着脸上的泪水。落下些许车窗玻璃，陆紫缨递出几张百元纸币，然后发动引擎，越野车疾速冲出加油站，奔向朝阳升起的地方。

二

远山如障，丘陵如浪。碧空长天下，我和陆紫缨二人一车，就像是两个勇往直前的骑士，华丽丽、洒脱脱地翻山越岭。与爱人，海角天涯，共赴一方，也是一件乐事。更何况，我们要去巴林寺帮助一群正在病痛中煎熬的孩子。如果不是为了巴林寺的孩子，我情愿这条路永无尽头。如果可以用我的一生，换这条永无尽头的路，我想我会义无反顾……不对啊！车辆是在开往东方，而巴林寺在西方。果然，前方高速公路上出现一个标牌，距离西安560公里。难道陆紫缨不想履行自己的承诺吗？难道陆紫缨那些晶莹的泪水不是为我而流？可她的手里分明捧着我送她的粉色钻石啊。如果不把钱送去巴林寺，孩子们怎么办？如果不及时做手术，孩子们的伤残程度就会越等越严重，甚至死亡……

我有些难过，也有些愤怒，冲着陆紫缨大声喊道："你应该去巴林寺，去巴林寺送钱！"

我连喊了几声，陆紫缨没有丝毫回应。我不得不起身，再次像蜂鸟一样悬停在陆紫缨的面前，直勾勾地盯着她的眼睛，想看出她的动机和企图。面对这双清澈如湖水般的眼睛，一如我清醒时一样，瞬间就能让我大脑一片空白。我的愤怒、质疑和疑惑，像一件件被除去的盔甲，我这个纵横捭阖的武士再也不想戎马驰骋了，我只想脱个精光，融化在那一泓清澈静谧的湖水里。

一阵急促的鸣笛声，吓得我赶紧坐回副驾驶位置，两辆越野车呼啸着超越我们，湮没在朝阳下的阴影里。待我扭头看过去的时候，发现陆紫缨脸上的泪痕还在。我的心登时软了，我见不得女人哭，尤其见不得漂亮女人哭，更见不得我爱的漂亮女人哭。

恍惚间，我抬头看见了西安城墙，这是我十分熟悉的场景，我曾经在这座城里盘桓许久，还在这里认识了撸子，也就是现在巴林寺的僧人巴布。560公里怎么瞬间就到了？管它呢，梦里行千里，也不会留下任何痕迹。我还在梦中去过蓬莱仙岛呢，在岛上我曾问过铁拐李，什么时候才能解除对雷引村的诅咒？铁拐李说，除非雷引村有贤者出世。我问，何为贤者？铁拐李说，心怀悲悯、度人律己者，便是贤者。我对铁拐李说，悲悯心我倒是有一些，也曾度人，也曾律己，算不算贤者？铁拐李用鼻子"哼"了一声，说道："常春藤骗得百亿，你知道的是陆父晏母殒命，你不知道的又有多少妻离子散的家庭悲剧呢？你如今还能觍着脸称自己有悲悯心，真不枉你是雷引村人士。"说到此处，铁拐李提起铁拐戳着地面"咚咚"作响，接着斥责道："你曾度人，只不过是让自己的良心好受一些；你曾律己，也只是为了自己布的局不被戳穿。"

接着，铁拐李长叹一声，说道："余三和你，本有一些慧根，或许能成为贤者，可你们还是经不住人性之贪欲，如鱼得水变本加厉。"

我辩解道："余三叔和我，没做贤者成了骗子，是大环境导致，这不是我俩的错，这是根上的错。"

铁拐李闻言，脸色大变，厉声喝道："巧言令色之徒，本想让你自行悔悟，如今看来是我枉费心思，看本仙如何收你！"

说罢，铁拐李举拐便要打我，吓得我赶忙醒来，当时额头上渗出一层冷汗。

此时，陆紫缨把越野车开进一家汽车租赁公司，车辆刚刚停稳，一位年轻小伙子便迎上来。陆紫缨穿上羽绒服后才打开车门，她下车后随手用遥控钥匙锁上车。我不知道陆紫缨下一步要干什么，紧随着她下了车。陆紫缨对小伙子说，她要租赁一辆带雪地胎的四驱越野车，还让小伙子把现在这辆越野车办理异地还车手续。

我心里暗暗称赞，陆紫缨果然不是背信弃义之人，原来她开车跑到西安来换车。也许，还有避开西平人的视野、造成她要回北京的假象。办理完还车、换车手续后，陆紫缨亲自动手把车上四只大旅行包搬上新车，新车是一辆老牌汽车的探险者车型。陆紫缨重新上车，在西安城里转了许久，开进一家五星级酒店。她把车停进一个车位，刚刚熄火，复又发动引擎，重新把车停在一个靠近酒店大门的车位上。

办理完入住手续，陆紫缨走出酒店，开车直奔郊外。车开到高速公路入口处，停在进入高速公路的匝道上，陆紫缨从口袋里掏出我的手机，取出里面的电话卡扔出车窗外。接着，陆紫缨调转车头，把车开回市里。此刻，已是夜幕降临，在一处电信营业厅里，陆紫缨用一张假身份证办理了一个手机卡。而后，她又走进旁边一个游戏网吧，寻了一处角落坐下。陆紫缨上网浏览了一会儿新闻，我也帮她逐条阅览，没有发现任何与我们"剧组"相关联的新闻。陆紫缨打开我的手机，找到那位官员下跪的视频，上传到了网络。这些事情，陆紫缨做得有条不紊，像是个训练有素的特工。这个漂亮的女人真是一座宝藏，她总能给我惊喜，从不会让我失望。

我们俩回到车里，陆紫缨没有发动引擎，也没有任何动作。一时间，我不知道她要做什么。就这样，我们俩沉默着、静止着。她在想什么，我不知道。我在想，她究竟在想什么呢？随着一阵窸窸窣窣的声音，我看到陆紫缨再次掏出那颗粉色钻石，捧在手掌里，对着车外的灯光仔细观看。车窗外不断有车辆驶过，一束一束车灯划过钻石，每一束灯光都被粉色钻石分解成五彩斑斓的碎片，密密麻麻散落在车厢棚顶，就像是蒙德里安的红、黄、蓝解构图。

三

回酒店之前，陆紫缨带着我去了一家户外用品店。她买东西的风格像个男人，不挑不试不讲价，用极短的时间划拉了一条加绒的防水冲锋裤，还有一双厚底的雪地靴。其实也不必奇怪，裤长和鞋码是固定的，而且这两样穿戴也不会给女人身材加分，挑来选去是浪费时间。陆紫缨还选了一条羽绒睡袋，充绒量是3000克的，能够抵御零下20摄氏度的低温。

走进酒店电梯间那一刻，我的心便随之激动起来，有一种去跟情人开房的兴奋感。虽说是在梦里，但是第三视角的梦境是很独特的，兴奋感大概是源于我是个"偷窥者"。陆紫缨皮肤白皙，从她裸露的脖颈和胳膊就能让人浮想联翩。在福建的时候，我还见过陆紫缨穿七分裤时性感的小腿。她小腿的弧度稍显外翻，却丝毫不让人觉得有罗圈之嫌，浑如两秆修长的荷叶叶茎，在微风拂过时，微微摇曳成水滴形弧度，愈发显得趣味和俏皮……

在电梯门即将关闭的那一刻，两个身着深色夹克衫的男人闪身进来。两个男人看不出具体的年龄，长相倒是像搭配着长就的，一人白白胖胖，一人黑黑瘦瘦。白胖子进来后，冲着我点点头，凸出的苹果肌上挤出一丝礼貌性的笑容。黑瘦子则有些猥琐，他靠近陆紫缨，肆无忌惮地偷看陆紫缨的手机。陆紫缨似乎没有任何觉察，自顾自地翻看着手机里的新闻。

我伸手拍了拍黑瘦子的肩膀，说道："请你注意一下分寸。"

黑瘦子瞪了我一眼，刚要张嘴，被白胖子制止住。

白胖子对我说："你不要吹胡子瞪眼，这是我们的权力。"

我问道："偷窥别人的手机是你们的权力?"

白胖子说："体察舆情就是我们的权力。"

电梯停在12楼的时候，我跟着陆紫缨走出电梯间。黑瘦子往前只迈出一步，便被一旁的白胖子抓住胳膊，似乎是不让他跟着我们。这两个男人的举止好生怪异，我控制不住好奇心回头看了他们俩一眼，他们俩也正定定地看着我，直到电梯门缓缓合上。我禁不住浑身打一激灵，因为这两个男人的眼神里没有一丝丝生气，就像是电影《闪灵》里那对双胞胎姐妹的眼神，使人不寒而栗。我往前紧赶两步，与转身回来的陆紫缨撞了一个满怀。我在意识上打了一个趔趄，她却直接穿过我的身体，并推开一旁的安全门，闪身走进去。我急匆匆跟在陆紫缨的身后，随着她走楼梯下到11楼。陆紫缨走到1108号房间门前停下，左右看了一眼酒店走廊，确认无人跟踪后，这才转过身去，打开了对面1109号房门。这个宝藏女孩的举止真是越来越神奇了，她的举手投足简直就是顶级特工的模板。可惜这一切都是在做梦，这大概是我希望陆紫缨成为的样子。

　　进入房间后，陆紫缨掏出一只红外线探测仪，把房间和洗手间仔细扫描一遍，没有检测到摄像头。随后，激动人心的时刻到来了。她先是踢掉两只登山靴，而后除去两只棉袜，露出两只煞白的脚。在房间昏暗的灯光里，陆紫缨一双纤细的脚发着荧光一样的朦胧白，更加让我觉得如梦如幻。她用极短的时间，脱掉全部衣服，包括黑色的内衣内裤。在她的胴体完全暴露那一刻，荧光白也从两只脚迅速蔓延至全身，宛如一尊汉白玉雕像。我的胸口像是遭到一记重锤，瞬间觉得呼吸不畅……我赶忙做深呼吸，生怕自己在关键时刻醒来。少年时代，做十个春梦，有九个都是在最要紧的时候醒来，那种意乱情迷中的沮丧滋味，一辈子都无法释怀。

　　陆紫缨款步走进洗手间，我迟疑着要不要跟进去。她在房间里脱光，我属于被动观赏。我若是跟着人家进洗手间，偷看陆紫缨洗澡，此举太不体面了。强忍住好奇心，我在房间里踱步，时不时俯下身来，嗅一下陆紫缨换下的衣服，觉得心醉不已。就在我兀自陶醉时，陆紫缨披着一件雪白的浴袍走出来，吓得我赶紧直起腰身，避让到脚踏凳一侧。陆紫缨坐在床头边，拿起电话来，问前台点了一份水盆羊肉。放下电话，她旋即又进了洗手间，紧接着传来电吹风的嘶鸣。此刻，我觉得这一切都是那么真实，一点不像是在梦中。

我多么期待，这不是一场梦。

在我胡思乱想的时候，陆紫缨吹干头发，又呼呼噜噜吃完一大海碗水盆羊肉，此刻已经穿着浴袍钻进被窝。看来她要睡觉了。我犹疑着，是离开，还是留下来？我纠结了大概有三秒钟，就决定留下来，陪陆紫缨过夜。于是，我小心翼翼地上了床，刚刚想钻进陆紫缨被窝的时候，突然感觉到有人一把薅住我的脖颈子，把我硬生生扯下床。我起身一看，居然是那两个行为举止怪异的男人。我不知道他们俩是什么时候进来的，而且陆紫缨对于他们俩的到来没有丝毫觉察……难道这两个人也是梦中的第三视角？在以往的梦里，从未出现过这种状况呀。

这时，黑瘦子厉声喝道："你小子还想不想做人了！"

我回头看一眼陆紫缨，她非但没有听到我们

的声音，而且正捧着我送她的粉色钻石，静静地发呆。

我对黑瘦子说："我做不做人，你们管得着吗？"

黑瘦子举起手来，"啪"的一声，抽了我一记耳光。

白胖子赶忙把黑瘦子拉到一旁，并对他小声嘀咕道："你已经被记过六次，再犯一次戒律，这辈子也别想入仙班了。"

听到白胖子的话，我忍不住笑出声来，还一边笑一边说："……哈哈……这是玄幻修仙题材吗？能不能做一个现实题材的局？"

四

在去往西平的高速公路上，我的情绪很不好。因为昨晚的经历让我很煎熬，黑瘦子不仅动手打了我，还把一根铁链套在我的脖子上，将我拴在11楼走廊尽头一把高靠背椅子上。此前，我在很多五星级酒店的走廊尽头见过这种椅子，心里一直纳闷这把高靠背椅子是给谁准备的？我懊丧地坐在椅子上，偶尔看到几位穿着时尚的男女进进出出不同的房间。我无聊地为这些人在心里计算着时间，进入1123号房间的女士最漂亮，用时也最短，只有9分钟。我想9分钟应该包括冲澡时间5分钟，至于如何分配剩下的4分钟，让我浮想联翩。

白胖子大概看出我情绪低落，他悄声对黑瘦子说："现在还没有必要上锁魂链，他又不逃跑，好像也不会去告状。"

黑瘦子盯着1123号房间走出来的漂亮女人，说道："我是看不惯这孙子那副好色嘴脸，不想他违背人伦鬼道，秽乱阴阳两界。"

白胖子说："你管得太宽了，他们俩毕竟是有情有义的一对儿。"

黑瘦子说："不见得，这俩人花花肠子多着呢。"

这俩货在说什么？套在我脖子上的是锁魂链？我往哪里逃跑？我向谁告状？

天蒙蒙亮的时候，陆紫缨便推门走出房间。我赶忙站起身来，却被链子拴着。白胖子瞅一眼正在打瞌睡的黑瘦子，他走过来抓住铁链子一抖，锁魂链开了。

白胖子说："你检点一些，犯了阴条有你好受的。"

我压根就听不懂白胖子絮絮叨叨说的是什么，我一路小跑着，紧随陆紫缨进了电梯间。陆紫缨捂上嘴巴，打了一个深深的哈欠，她好像没有睡好，脸上的倦容像初冬的早霜，萧瑟又冷清。没有我的陪护，想必她一夜都不曾睡得踏实。我也是这样的，一换新地方睡觉就会失眠，这大概是敏感、焦虑的人的通病。

我跟随着陆紫缨一起检查了车的后备厢，四只装钱的旅行包都在。再一次启程上路，朝阳在我们的背后，高原在前方，爱情在车里。车的确是开往西平方向的，陆紫缨也果然是"老司机"水平，一路上时速稳定在130公里左右，几乎把所有车辆都甩在身后。陆紫缨能够如此大费周折，前往巴林寺送钱，说明她已经原谅了我……如果有人害死我父亲，我会原谅他吗？我大哥因为被人砍去四肢，我便发誓要寻到真凶，为他报仇。杀父之仇自古不共戴天，陆紫缨会这么轻易原谅我？陆紫缨原谅我的唯一可能就是爱上了我……想到此处，我又开心起来，还有什么比得到所爱之人的爱更让人快乐的事情呢？

等我醒来的时候，发现已经是夜晚了，陆紫缨仍在全神贯注地开车。这一觉睡得太久了，应该是我昨晚一夜未睡的原因。让我感觉到奇怪的是，这个梦做得太久了，而且我在梦中睡着了。更为神奇的是，我醒来的时候，依旧是在梦中，这是我以往梦中不曾出现过的经历。看来，电影《盗梦空间》不纯粹是编剧的想象，我刚才经历的就是双重梦境。突然，车辆缓了下来，陆紫缨转动方向盘，把福特车开进匝道，出口处的霓虹灯大字竟然是西平东。我们刚刚离开这座城市才两天，旋即又回到这座城市。不行，此前我提醒过大家，近三年来不要再回西平。我冲着陆紫缨大声喊道："不要进西平，继续往前赶路。"

陆紫缨没有丝毫反应。因为着急，我甚至按下车辆的手刹，车辆也没有任何反应。旁观者角色的梦境真不好玩儿，不能参与其中，知道得越多就会越着急。就陆紫缨的智商来看，她肯定能够想到回到西平的危险，只要一入住酒店，就等于把自己送回虎口。既然能够想到这层危险，她为什么还要再回西平呢？

陆紫缨很快把车辆开进一家自动停车场。她下了车，伸了一个懒腰，然后就地做起了踢腿扩胸运动，最后做了三十个下蹲起。做完运动后，陆紫缨有些微微气喘，大概是西平的高海拔所致。这个停车场非常安静，只停放着十几辆车，地处城市外围，进出口都是电子识别付费。在空无一人的停车场里，陆紫缨溜溜达达走了十几分钟，这才又回到车里，坐在后排座位上。她从食品袋里摸出一盒午餐肉罐头撕开，用一只精致的小铜勺吃起午餐肉。罐头吃了一半左右，陆紫缨又吃了一小块全麦面包，随后喝掉一整瓶矿泉水。

安静下来后，陆紫缨盯着车厢棚灯愣愣地出神。突然，她从背包里掏出那本《调查组》剧本，翻看着其中的章节场次。当看到我为她写的台词时，陆紫缨的嘴角微微上翘，露出好看的微笑。接着，陆紫缨喃喃地说道："你如果真的做了编剧，没准可以拍出一部好电影……"

我正在跟陆紫缨一起看剧本，随口说道："影视界不如我们骗子界重视剧本，不会讲故事的导演和不知道什么是好故事的制片人正在合谋杀死电影……"

突然，一只手捂住我的嘴巴，我回头一看是白胖子和黑瘦子，不知道他们俩什么时候进到车厢里。

白胖子对我说："不许你对着活人的百会穴……"

不等白胖子说完，黑瘦子一把捂住白胖子的嘴巴。

此刻，说完这句话，我才想起陆紫缨听不到旁观者的声音。可是，陆紫缨突然放下剧本，直起腰身来，急切地环顾车厢，并急迫地问道："谁？是谁在说话？"

我赶忙回道："是我，余经纬，你能听到我说话了吗？陆紫缨……陆紫缨！"

陆紫缨随后摇了摇头，脸上露出一丝苦笑。接下来，陆紫缨抖开睡袋钻了进去，并把羽绒服脱下来。我赶忙去捂住黑瘦子的眼睛，这个家伙是个色鬼。在我还没有触碰到黑瘦子的时候，陆紫缨已经伸手关掉了车棚灯。

五

陆紫缨把车开进西平市，按照导航指示七拐八拐，最后开到一处我熟悉的地方，我租车的那家公司。陆紫缨再次办理异地还车手续，然后询问店员，今年四月份是不是有个叫余经纬的人在这里租过车？店员在电脑里查阅租赁信息，告诉陆紫缨说有。

陆紫缨对店员说："我还租那辆车。"

办理完租车手续，陆紫缨把四只黑色旅行包搬进我今年春天开的那辆越野车。只用了二十分钟时间，陆紫缨便把车开上高速公路。这一次，她导航的终点是巴林寺。虽说已经把那段"自保"的视频上传到网络，可至今还没有发酵成我们希望看到的结果。对于陆紫缨来说，西平还是存在巨大风险的。她不惜以身犯险，进入西平只为了换一辆我曾经开过的越野车，太不划算了。同时也说明，我在陆紫缨心里的分量，她愿意为我冒险，这一点让我很是感动。

右侧车窗外，是我钟爱的玉海高原，被冰雪覆盖得莽莽苍苍。左侧是我喜欢的女人，她的果敢、她的决断，她超人般的意志力，还有她温婉中略带中性美的容貌，都符合我的审美。半年前，我独自驾车行驶在这片荒原上，便憧憬着有朝一日身旁坐着陆紫缨。念力真的可能转换成为现实，尤其是在脚下这片充满信仰的土地上，信念才是成就自我的终极力量。

　　……然而，我这个梦境，是不是做得太久了？

　　待我再次醒来的时候，陆紫缨已经停下了车。夕阳把最后一抹橘红色洒在一排端庄的白塔上，白塔旁边是一座雄伟的寺门，匾额上则是汉文和梵文书写的金蓝两色的"巴林寺"。陆紫缨打开车门，一股高原上的冷风袭来，她打了一个趔趄，扶住车门干呕了两声，身体似乎很不舒服的样子。我赶忙上前扶住她，她却把手贴在自己额头上，像是在感觉自己是不是发烧。我把脸贴上陆紫缨的额头，天呐，她确实发烧了。就在此刻，阿黄摇着尾巴跑过来，在陆紫缨的腿上亲热地磨蹭着。阿黄是我独自驾车云游玉海高原时捡到的一条小黑狗，它当时又脏又臭，我问餐馆要了半瓶洗洁精，在巴音河里把它洗了个干净，才发现这是一条金色的黄毛狗，就给他取名阿黄。后来，我把阿黄留在巴林寺，一是给它个安家落脚处，二是让它陪着哥哥解闷。

阿黄是条性情暴躁的狗，它与陆紫缨素未谋面，却没来由得亲热如斯，也是有意思。陆紫缨顾不上与阿黄亲热，她努力支撑住身体，关闭上车门，按动遥控器锁好车。锁车的提示音响毕，几位僧人从寺门里走出来，打头的正是堪布，巴布紧随其后。走到我们跟前，堪布率领众僧人合十施礼，堪布说道："昨夜，得大宝法王托梦，今日有女活佛前来布施，小僧偕同僧众等候已久。"

待堪布施礼毕，抬起头来的时候，他突然看着我瞪大眼睛，眼神中掠过一丝悲苦色。紧接着，堪布闭上眼睛，双掌合十，诵了一段经文。堪布再次睁开眼睛，他没有看我，而是对着陆紫缨，问道："余施主何时归西？"

陆紫缨对着堪布说道："三天前。"

余施主何时归西？余施主……难道说的是我？归西……我死了吗？

我耳边突然传来一声哂笑："你以为呢？"

我回头看去，竟是黑瘦子和白胖子。我心中一凛：这两位难道就是传说中的黑白无常？

黑瘦子靠近我跟前，递过来一本小册子。我伸手接过来，小册子封面上写着《六道轮回卷》，封底则是三界司当红讼师们的简介。其中一位叫谢方尊的讼师，竟然有为九千多个畜生道、饿鬼道、地狱道的人讼辩成人道、阿修罗道、天道的辉煌经历……

突然间，堪布扬起手中的佛珠，抽向黑瘦子。黑瘦子的右臂被佛珠打中，他惨叫一声，跳到一旁，冲着堪布叫道："大和尚不要多管闲事，我们各司其职，你莫要乱了规矩。"

堪布喝道："佛门净土，鬼怪勿近。"

黑瘦子还待争辩，被白胖子生生拖走。

白胖子对黑瘦子小声说道："莫要急，莫要急，还有四天时间，时辰一到，大和尚也留他不住。"

堪布转头看了一眼陆紫缨，说道："女活佛可否感觉身体不适？"

陆紫缨点点头，说道："可能是累了，有点头疼、发烧……觉得头重脚轻。"

堪布点点头，说道："女活佛受累了，快请去客堂休息。"

陆紫缨重又打开遥控锁，从后备厢里拎出一只黑色大旅行包，重重地放在石阶上，对堪布说："这是余经纬托我转交巴林寺的。"

六

我早就怀疑这个梦境的真实性了……是啊，此生也不曾做过这么漫长的梦。而我根本不是梦中的"旁观者"，我只是一个魂魄，余经纬的鬼魂。按照雷引村的习俗，人死后的魂魄会在家里滞留七天，像我这种远离家乡的人，注定要成为孤魂野鬼，无家可居。余三叔说过，人死后第七天便要去三界司接受六道裁决，裁决结束后决定六道轮回，或是上天界，或是入阴界，或是会重返人界。怪不得白胖子说我还有四天时间，看来他们俩第七天才会捉我，然后去三界司裁决六道去处。我这样的人、一个骗子会被如何裁决？上三道是不可能的，那是积德行善之人的去处。我能去的地方肯定是下三道，畜生道、饿鬼道和地狱道。据说，最残酷的地狱道还细分为八热地狱和八寒地狱，极刑之苦让人不寒而栗……

恍恍惚惚中，夕阳已经落下，黑夜越来越浓，我的周边一个人影都没了。我赶紧进了巴林寺，寻到客堂，看见堪布正在跟陆紫缨说话。堪布似乎可以察觉到我的行踪，他用了比先前更大的音量说话，像是对陆紫缨，更像是对我，说道："三界之人，皆有命数，命数已尽，便是人鬼神殊途。非要违背三界之道，只能是害人害己。女活佛最近身体不适，概因余施主魂魄纠缠，他一日不去，你便一日不得安宁。"

陆紫缨哭道："烦劳师父转告他，我与他尘缘已了，今生不问来世事，我们恩怨两清了……愿他早日往生极乐。"

闻听此言，我心如刀绞。不知道魂魄还有没有心，但我真真实实感觉到心痛了。陆紫缨到底爱不爱我，在我还没有十分确定时，她便声称与我尘缘已了恩怨两清，这让我如何能不心痛。

堪布接着安慰陆紫缨，说道："待头七期满，巴林寺为余施主做一场法事，送他一程，也算是我们有缘一场。"

早些年，经常听到鬼魂附体之说，我从来不当回事，觉得是江湖术士骗人钱财的无稽之谈。如今看来，鬼魂附体之说确有其事，而且就发生在我身上，只不过我扮演的不是鬼魂所附之体，而是鬼魂。有一年秋天，我妈突然间变得病恹恹的，大大小小的医院医生都没检查出我妈的病，余三叔就让我爸去找邻村的黄道婆瞧瞧。黄道婆来到我家，打眼一瞧就说我妈被我奶奶附体了。我妈不相信，说婆婆活着的时候跟自己交好，怎么会回来折腾当儿媳的？黄道婆说，回来附体的，都是生前熟络之人。黄道婆还说，她至今没有见过鬼魂附体仇家的，都是回来找生前有些情谊的。于是，黄道婆挑了一个日子，让我爸在某日天交四更时分到村头烧了几样东西，才把我奶奶送走。说来也是神奇，第二天，我妈精神逐渐见好，半个月后就能下地做饭了。

为了不连累陆紫缨，这一夜，我没再去打扰她，而是远远地躲在巴林寺外的一座石桥上。阿黄尾随过来，冲着我咿咿呜呜地哀鸣。是夜，月朗星稀，四周除了风卷经幡之声，偶尔伴有一两声狼嗥。人死之后，居然这么孤独，难道没有一点乐子可寻吗？怪不得都说要"及时行乐"，看来也是有道理的。我正漫无边际地胡思乱想，突然，阿黄狂吠着跑开了。紧接着，我的后脑勺被人敲了一个爆栗。不用回头我也知道，肯定是那两个货色，三天以来，只有黑瘦子和白胖子跟我有过互动。

黑瘦子道："抓紧时间啊，熟读一下《六道轮回卷》，看看自己究竟适合哪一款。"

白胖子说："读得再熟也没用，不如找个好讼师，什么都能帮你搞定。"

我气哼哼地问道："那我是读《六道轮回卷》，还是找个好讼师，到底听谁的？"

黑瘦子又在我的头上敲了一个爆栗，我想这个黑无常鬼有多动症，只是此前不见有文字记载，因为编故事的人都没有死过。

黑瘦子说："我得给你立个规矩。"

我问黑瘦子："什么规矩？"

黑瘦子说："我们俩只负责找人、核实人、抓人，不负责回答你的提问，如果你有特别想问的问题，得付费才能得到答案。"

我差点笑场："你们也讲究这套?"

白胖子说："只要有人的地方，就会有这些乱七八糟的糟粕，没办法。"

我说："你们二位是鬼，不是人。"

白胖子说："鬼都是人变的，我们已经习惯了说人，毕竟做过人嘛。"

听两个无常鬼这么说，我倒是有些开心了，真是应了那句俗语：有钱能使鬼推磨，原来阴界也跟人世间别无二致呀。

我问白胖子："你们俩跟着我三天，要是别处死了人，你俩不管吗?"

黑瘦子刚要动手，我便躲开他的爆栗，跳到一边。

黑瘦子说："刚立完规矩，你就忘了，提问题得先交钱。"

我问："一个问题交多少钱?"

黑瘦子说："一个问题一百块钱。"

我伸手从口袋里面掏出一沓纸币，我习惯身上带一万块钱现金，以备不时之需。我抽出一张纸币递给黑瘦子，黑瘦子摇了摇手，示意我交给白胖子，说是他管钱。

白胖子收了钱，反问道："你以为就我们俩无常鬼吗？截止到去年鬼节为止，登记在册的无常鬼就有四千万对，不管人间死多少人，我们都管得过来。"

我很是吃惊："四千万对无常鬼，有那么多人死吗？"

问完话，我赶紧抽出一张纸币，递给白胖子。

白胖子收了钱，对着我赞许地点了点头，说："我们阴界的编制一个萝卜一个坑，唯有无常鬼一职可增可减。遇到战争、灾荒、瘟疫之年，增配无常鬼；遇到风调雨顺、和平之年，减配无常鬼。原先，没有人愿意干这个出力不讨好的差事，可随着入下三道的人口越来越多，那些不想进地狱的人，又想谋一份能够行走阴阳两界的差事，无常鬼就成了一个抢手行当。而且，凡是干上这一行的家伙，都有些头脑和手段，会在阴界和三界司上下打点。就算是遇到风调雨顺、和平之年，哪一对手眼通三界的无常鬼都减配不掉。长此以往,无常鬼们越来越多,一对无常鬼一年最多分配到一趟活儿。领到活儿的无常鬼,都兴奋得不得了,往往等不到第七天,就提前来监看头七的魂魄。"

黑瘦子碰了碰白胖子,对他说道:"buddy,你得注意成本控制,他只付了一百块,你说了三百块了。"

白胖子有些讪讪的:"这不是一年多没捞着跟人说话了嘛。"

黑瘦子有些不屑:"喊!他现在已经是鬼了。"

七

天亮时分,两个无常鬼躲到山阴去歇息了。因为我是中阴身,暂时不会被日月光阴影响,我便继续留在巴林寺旁边,一是舍不得离开陆紫缨,二是想再去看大哥一眼。这些关于阴界的知识,都是从两个无常鬼那里得知的,昨晚为此花了我五千七百块钱。我总共只有一万块钱,能提问一百个问题,昨晚一晚上就花费了一多半,知识付费可真贵。

巴林寺的大门打开的时候，巴布推着大哥走出来。我赶忙迎上去，双手揽住坐在轮椅上的大哥，还用手替他擦去脸颊上的泪水，看来他已经知道我死了。在一处嘛呢堆前，巴布停下脚步，这里应该是大哥和巴布经常待的地方。大哥的眼泪止不住地流下来，他紧咬着嘴唇，不停地点着头，最后，整个躯干都跟着颤抖起来。

巴布也在流泪，他将一只手放在大哥的肩膀上，哽咽着说道："经纬是个活佛，他在那边肯定不会受委屈的，您放心好了。"

大哥的牙齿松开嘴唇，仰起脖子，从喉咙里发出一阵"嗷嗷"的吼叫声。巴布不再劝解大哥，他在嘛呢堆旁坐下来，双手合十默念着经文，眼泪还是不停地从他闭上的双眼里流出来。说真的，我不是很难过。自从死后，就是昨晚陆紫缨说与我尘缘已了恩怨两清，让我感觉到心痛之外，其他时候还是觉得挺轻松挺快乐的。反倒是大哥和巴布两个出家之人，竟然如此看不开生死之事。如此看来，修行真的不是一朝一夕的事，愿他们有生之年能够得悟，参破生死别离。

太阳升起来了，可能是离第七天越来越近，虽说阳光伤害不到我，但我依然觉得虚弱无力。我放开大哥，赶紧躲进石桥桥洞里，置身背阴处，身体果然清爽起来。昨晚得知，中阴身是个半人半鬼的状态，最终置身何种状态，关键要看三界司的裁决。听白胖子解释，三界司是一个联合法庭，由天界、阴界和人界共同执法裁决。三界的判官不固定，抽签决定轮值人选，七日一开庭，裁决七天以来死去的人。天界判官有七位，就是我们熟知的铁拐李、汉钟离、张果老、何仙姑、蓝采和、吕洞宾、韩湘子和曹国舅八仙。阴界判官有四位，分别是魏徵、钟馗、崔珏和陆之道。令我好奇的是人界的判官会是哪些人？我昨晚购买人界判官的信息花了两千多，黑瘦子卖给我的价格是一百块钱十个人，他说这个与人间某些地方出卖信息的价格差不多。我做局的时候，多次购买过高端人口的信息数据，的确是差不多的价格，我也就认了。我想了解人界的判官人员组成特点，看看能否找出规律来。我买了两百多人界判官信息，最后还是看得我一头雾水，似乎没有任何规律可言。这里面有教师、城管、医生、农民、作家、警察、演员、工人、程序员、工程师、广场舞大妈……这两百多人里面，居然有一个我认识的家伙，她叫宋海宁，是一个年轻的女编剧。我们做最后一个局，在电影制片厂门口招聘群众演员时，我看见宋海宁也在给导演和制片人发剧本大纲介绍，她错把我当成影视界大佬了，随手给我发了一份剧本大纲。因为她长相酷似陆紫缨，所以我一眼便记住了她。最终，我还是能够总结出一些人界判官的规律：女性居多，男女比是1:3，从事判官工作的年龄都在21岁以后，这些人大都是通灵的，有些人隐藏得好，不喜欢隐藏的便对外宣称自己会看相算命。这些特点对我没有太多用处，即便是我认识宋海宁，她也不会记得我，就算记得也不一定会帮我。

我的目标很明确，首先是还阳，继续做人做余经纬，跟我的爱人陆紫缨天涯海角地快活逍遥。在与黑白无常交流时，我已经确定，只要运作得当，就有可能改变六道裁决的结果，甚至还阳重新活回原来的自己。我背负两条人命，把那么多人骗得倾家荡产，黑瘦子说我肯定要进地狱道的八热地狱，

314

永世不得轮回。既然那个清朝的讼师谢方尊有本事给九千多人翻案，也就有可能帮我翻案。但是，人界的经验告诉我，不能把宝押在一个人身上。我得雇得起谢方尊，还得知道谁做我的判官。因此，我首先要拿到足够的钱，在三界司打点小鬼、雇用律师、行贿判官。

八

当天晚上，我又花了一千多块钱买付费知识，补上了我对阴界认知的短板。我已经酝酿了一个大胆的计划，割一把四千万对黑白无常的韭菜，因为我知道这些家伙们已经赚得体肥膘壮，不收割他们不足以平鬼愤。我先是以高额利息作为诱饵，问白胖子借贷一百万。我借钱的话刚刚出口，白胖子就笑了，他笑着说："收起你这套人把戏吧，人界的招儿做不了阴界的局。"

我问白胖子："你说的是什么，什么局？"

黑瘦子举起手来，又要打我爆栗。这回我没有躲闪，因为我发现黑瘦子只要打到爆栗，就会很开心，开心就会口无遮拦说一些不用我付费的知识点。果然，打到我爆粟的黑瘦子狞笑不止，他笑着说："你个余大骗子，糊弄鬼呐！你会骗人的事儿，阴界没有不知道的，你还是老老实实做个诚实鬼吧。"

我是个骗子的事儿，阴界居然都知道了，这一点实在出乎我的意料。骗子最要紧的是守住底牌，我的底细和底牌已经无鬼不知，我还去骗鬼吗？

白胖子一副尽在掌控的神情，对我说："头上三尺有神明，你平日里干的那些勾当，天界和阴界都知道。"

黑瘦子大概看出我的沮丧，他说："你想搞钱也不难，你们凡人死了，拿不到人界的钱，但是我们无常鬼可以。"

我对黑瘦子说："你也是在骗鬼，你们无常鬼要是能够拿到人界的钱，直接去抢银行岂不更方便。"

黑瘦子说："我们无常鬼能够行走阴阳两界，但只能帮你们这些穷鬼去人界拿钱，我们私自拿来的钱会变成灰的，烫手又脏手，没用的。"

我有点疑惑："从人界拿来的是真钱还是冥币？"

白胖子说："当然是真钱了，冥币都是活人糊弄死人的，只为了图自己心里安慰。"

我接着问道："如果是真钱，为什么人类看不见你们拿钱？"

白胖子说："维度不一样，人界是三维空间，我们阴界是四维空间，天界是五维空间。"

黑瘦子急忙制止白胖子："嘘！天机不可泄露，这样的知识得付费！"

我又问道："你们如何帮我去人界拿钱？"

黑瘦子道："这个属于钻石级知识，得付一千块。"

九

头七祭日，巴林寺举办了一场法事，为我超度。法事上有一些佛教与民俗相结合的程序，例如要用纸做几个钱褡裢，钱褡裢上写着"亡者余经纬，火化收用，恶鬼勿争"，里面装上一百万欧元。这就是我花了一千块钱、从黑白无常那里得到的钻石级付费知识。黑白无常信誓旦旦，说烧纸钱毫无用处，那些都是活人做给活人看的。黑瘦子还说，他们替我收人界过来的真钱，要收取30%的手续费。我跟黑瘦子讨价还价一番，因为这个手续费比往境外洗黑钱还高，可黑瘦子说阴界都是这个行情。陆紫缨肯把一百万欧元装进钱褡裢烧了，也是黑瘦子出的主意。他俩押着我，连续两天晚上对着陆紫缨的百会穴讲话，让她把一百万欧元装进钱褡裢火化。醒来后的陆紫缨误以为是我托梦，问她要一百万欧元。她没做丝毫犹豫，当即清点了一百万欧元，装进火化用的纸褡裢里，难为她把"亡者余经纬，火化收用，恶鬼勿争"记得一字不差。

做法事那天早晨，我早早来到巴林寺的佛堂大殿。大殿上陆紫缨正与堪布说话，说的也是与我相关的话题。陆紫缨问堪布："如果不把余经纬赶走，就让他附在我身上，不行吗？"

堪布说："女活佛不能再纠结了，尘缘既了，人鬼殊途，阴阳纠缠，于两位都是劫难。"

月上东山时分，巴林寺的超度法事开始了。佛堂上钟鼓齐鸣，堪布、巴布、大哥、陆紫缨等人齐声诵经。我看到陆紫缨手里捧着一本《地藏经》，经书里面夹着那个粉色钻石。在影视剧里，当超度的经文念起时，被超度者都是万般痛苦，可我似乎没有任何痛苦，只是意念中对眼前的景象感觉越来越模糊。超度法事临近尾声时，巴布引导着陆紫缨走到佛堂外一口大铜盆前，焚烧装有欧元的纸褡裢。崭新成沓的新币不易燃烧，巴布手持一根烧火棍，不停地翻动着大铜盆里的纸灰。没有被烧尽的纸灰带着点点火光，飞上空中，仰望上去，像是漫天星光。

待大铜盆里的灰烬熄灭后，突然，一根铁链套住我的脖子。我知道这是锁魂链，那俩货又来了。大概是忌惮巴林寺的阳气，白胖子小声叫道："余经纬，时辰已到，钱也收了，该上路了。"

我抱着佛堂的门框不肯撒手，对白胖子说："容我一点点时间，我想跟陆紫缨说句话。"

黑瘦子说："阴阳不通，你胆敢破戒，说一个字就给你加一层地狱。"

我冷笑道："你们为了赚手续费，天天晚上押解我去跟陆紫缨说话，我若是在三界司审判时，把这事儿抖搂出来，两位吃不了得兜着走吧。"

白胖子看了一眼黑瘦子，抖开手中的锁魂链，说道："只能说一句话。"

我走到陆紫缨跟前，心中顿时生出千般不忍。因为担心自己是个晦气的鬼魂，我绕开陆紫缨的双唇，在她的额头上轻轻地吻了一口，然后飘至她的头顶，对着她的百会穴，轻声说道："我爱你。"

陆紫缨瞬间瞪大眼睛，抬头望向夜空，两颗像钻石一样晶莹的泪水夺眶而出……

十

从巴林寺到三界司，仿佛就是一眨眼的工夫，我还沉浸在与陆紫缨的生离死别中，便听到白胖子"到啦到啦"地大呼小叫。我擦干眼泪，发现眼前竟是一所麻将馆的门口，门口的匾额上书三个隶书："雀跃馆"。门口两侧各有一联，上联是："筒索万字百事空"，下联是："中发白板千古穷"。

走进麻将馆，黑瘦子向一位拎着大茶壶送茶水的店员问道："谢讼师在哪间房?"

店员回道："6688号VIP房。"

白胖子牵着我就要上楼，突然被黑瘦子拦住。黑瘦子对店员说："麻烦你帮我们给谢讼师捎个话，就说来了一个大单。"

店员期期艾艾面露难色，黑瘦子从白胖子处要来一张百元钞，递过去给大茶壶。店员接过钱来装入口袋，这才拎着大茶壶上楼。

白胖子问黑瘦子："浪费这个钱作甚？咱们直接上去进房间不成吗？"

黑瘦子斜睨一眼白胖子，说道："谢讼师脾气大，万一今天输了钱，该拿我们出气了。"

我掏出一张百元钞，问白胖子："为什么收钱的是你，花钱的却是他？"

白胖子收下钱，说道："权力集中在一个人手里，就要滋生腐败，我们俩一个是会计，一个是出纳，每天都要对账。"

片刻过后，一个身材矮小、干瘦之人一边摇晃着脑袋，一边走下楼来。听到黑白无常跟他打招呼，我才知道著名的谢讼师竟是这副其貌不扬的尊容。黑瘦子俯下身去，跟谢讼师耳语几句，应该是在说我。谢讼师从口袋里掏出一本册子，随手翻了几页，边翻边摇头。黑瘦子直起腰身的时候，谢讼师也扬起了头，他操一口粤语味的普通话，对我说："兄弟，对不住了，你运气不好，这一单生意我接不了。"

谢讼师的嗓音很尖很细，尖细中还夹杂着沙粒，沙粒却不是夹在嗓子眼里，而是夹在两片铁板中间。我甚至觉得，他的官司能赢，大概是大家都不愿意听他说话，干脆就遂了他的心愿。

我问谢讼师："我带钱来了，为什么不接我的单子？"

谢讼师用他的沙哑嗓音回道："谁会放着钱不赚，实在是赚不到啦，本周三界司当值的判官都是些硬茬，天界判官是药王铁拐李，阴界判官是赏善司的魏徵，人界判官是打工妹白小格。"

我也有些沮丧："这三位判官都搞不定吗？"

谢讼师说："没得搞，没得搞，你祖上忽悠过铁拐李，害死雷引村的雷大善人，以至于让药王在天界八百年抬不起头来。魏徵那个倔老头连皇帝老子的账都不买，他会鸟你个骗子？至于白小格，你大概都忘了，你在广州做局冒充电视台骗小微企业的时候，白小格是你的员工……"

白胖子示意我转身往外走，我刚刚走两步，便听到黑瘦子在说话："谢讼师，听说土地爷名额现在有空缺了，我们哥俩入仙班的事儿拖了快一百年了，您看今年是不是该落实了？"

我回头时，看到白胖子正把一沓钱塞进谢讼师的口袋里。

十一

进入三界司之后，我发现自己不再像在人界那样虚无缥缈了，而是实实在在存在的。先是我从麻将馆出来的时候，被门槛绊了一个跟头，一头撞到墙壁上，这回不仅是扎扎实实的疼，额头上还起了一个大包。出了麻将馆，白胖子一抖手中的锁魂链，给我松了绑。我问他，不怕我逃跑吗？白胖子说，这是四维空间，每个鬼在哪里都清清楚楚。白胖子还说，让我溜达一会儿，别走太远了，一会儿就要接受三界司裁道。

我问道:"两位估摸一下,我会被裁去哪一道?"

黑瘦子说:"肯定是八热地狱最后一层,也是最热的地狱,每天受烈焰炙烤,到时候你身上的欧元都会化成灰。"

我嘴上应了一声,心里知道黑瘦子又在打我欧元的主意。黑白无常说完,便走进街边一间叫"黑白寻常"的茶馆喝茶去了。进进出出这间茶馆的人,大都是一黑一白成双成对的油腻男人,我想这大概是无常鬼们的聚集地了。我一个人沿着石板路继续往前走,脑子里盘算着自己即将面临的三界会审,按照谢讼师的分析,我已经是万劫不复了。想到此处,我心中郁结胀痛,急忙扶住身旁一根灯杆,觉得浑身瘫软。看到不远处又有一家"黑白寻常"茶馆,匾额上注明是第357778分店。我便走了进去,想喝杯茶歇息一会儿。茶馆吧台后,站着一位五十多岁的中年女人,大概是茶馆的老板,女老板面庞清秀俊爽,看上去竟有几分面熟,却又一时想不起来在哪里见过。女老板见我一个人进来,不免有几分诧异,冷冷地问我喝什么茶?我说,要一壶马头岩肉桂。女老板说,这里只卖白茶和黑茶。我说,那就来一壶白茶。

我选了一个靠窗的位置坐下来，茶馆大厅里大概有三十多张茶桌，几乎坐满了成双成对的黑白无常鬼。黑瘦子曾经说过，阴界已经无鬼不知我是个大骗子。此刻，我想测试一下，看看这里的无常鬼们是否知道我的底细。于是，我站起身来，高声说道："诸位！我有一个赚大钱的创意，你们是否有兴趣听一听？"

大厅里顿时安静下来，无常鬼们齐刷刷扭头看着我，一位高高瘦瘦的白无常鬼站起来，说道："余经纬，你能不能做一个跟钱无关的局呀。"

一众无常鬼们纷纷吐槽："就是嘛，钱钱钱，你以为这是你们人界，多庸俗啊！"

"不仅庸俗，还缺乏创意。"

"余经纬已经黔驴技穷了，要不怎么会栽在两个小蟊贼手里。"

突然，一个女声响起，正是那位女老板，她冲着刚才讲话的无常鬼吼道："他不是小蟊贼，他是我儿子，晏河！"

真是冤家路窄，茶馆老板居然是晏河的妈妈，怪不得看起来面熟，晏河的长相随妈妈。从某种意义上来说，晏河的妈妈和陆紫缨的爸爸是改变我人生走向的人，虽然我们不曾谋面。他们之所以能改变我的人生走向，是因为我改变了他们的人生走向。我虽然因此殒命，但是我不后悔，因为决定自我救赎那一刻起，我的人生才变得清晰起来，陆紫缨才会来到我的身边。以往，每一次做局，我也有清晰的目标，但都属于阶段性的目标。我在行骗这条道上停不下来，一个局接一个局地往下做，我大概就是要感受清晰的、有目标的生活。我恐惧混沌的、失控的人生，失控的人生就像砧板上的白斩鸡，任人宰割。我也知道，对人生的恐惧不是我成为骗子的理由，因为这个社会上的绝大多数人都没有清晰的目标，他们仅仅是为了生存，为了活着。所谓的自我救赎，也许是我停不下手的又一个借口。晏河的妈妈和陆紫缨的爸爸已经死了，我就算给他们再多的钱，也挽回不了他们的生命，更弥补不了晏河和陆紫缨缺失的亲情。如果以恶制恶是错误的，那么以一场骗局去救赎一个骗子，就是一个更大的错误。

此刻，茶馆里的哄笑声、嘲讽声已经混成一团，压根就听不清无常鬼们如何奚落我。有一个长相猥琐的黑无常，一直盯着我放在椅子上的背包，时不时与对面的白无常小声嘀咕。在大家都放开喉咙埋汰讥讽我的时候，这俩货嘀嘀咕咕，肯定是打我背包里欧元的主意。看来黑瘦子言语不虚，整个阴界都知道我的底细，也都清楚我是个大骗子了。

　　就在此刻，一个中老年男人风风火火闯进茶馆，他急吼吼地问晏河妈妈："余经纬那个畜生在哪里？"

　　毋庸赘问，这个男人便是陆紫缨的父亲。

十二

　　三界司的法庭像是个圆形舞池，四周高，中间低。四周的环形看台上，坐满看热闹的鬼。大家肆无忌惮地对着我指指戳戳，还有一些鬼在起哄，喊叫着让我滚出阴界。忽然，对面看台上两个老鬼拉出一条白底黑字的横幅，上面写着：我们支持你！余经纬亲友团。

拉横幅的老鬼高喊道："孙子，不用怕，我是你爷爷，这是你奶奶，后面的这位是你祖爷爷，他是德云轩的大掌柜，德云轩专业卤肉、卤下水七十年，分店遍及阴界……"

　　"咚咚咚"响起三声清脆的惊堂木，舞池中央有一位穿笔挺西装的中年男人，他的面前有一个小台子，台子上放着一块惊堂木，他看上去更像是一位主持人。主持人的对面有一个长条案几，案几上摆放着三瓶矿泉水和三只玻璃杯，案几后面有三把高背椅子，应该是天、阴、人三位判官的席位。长条案几前面，还有两个座位，左侧牌位上写着监察司，坐着一位戴眼镜的老头。右侧牌位上写着鉴证司，坐着一位中年美妇，正拿着化妆镜补口红。我的席位在主持人的右侧，是一条小方凳，材质大概是老榆木之类的。黑瘦子和白胖子分左右站立在我的身后，自进入阴界以来，他们俩就没再用锁魂链捆我。在我对面坐着三排道貌岸然的家伙，我数了数是二十一个人，这是陪审团的位置。黑瘦子前些天就告诉我了，三界司早就实现了陪审团制度。我那天走进"黑白寻常"茶馆，本来计划着找到陪审团的成员，然后，把钱全部押在他们身上，因为陪审团可以最终左右裁道结果。我之所以没有回头去找黑瘦子和白胖子帮忙，主要是想了解一下阴界贿赂陪审团的行情，不能任由这两个黑心货摆布。黑瘦子和白胖子在中间抽水太狠了，从人界转个账就抽30%的手续费，这个性质跟抢劫没什么两样。谁知道，我在茶馆里竟然遇见晏河的妈妈和陆紫缨的爸爸。我承认，是这两位死在我手里的老人打乱了我的计划，让我觉得没脸再去为自己的未来做局。我当时鼓足勇气，对两位老人深鞠一躬致歉，并对陆紫缨的爸爸说出我的心里话，说我爱上了他的女儿，他的女儿也爱上了我。陆紫缨的爸爸一记耳光抽过来，我没有躲避，生生地挨了。

陆紫缨的爸爸对着我大声斥责道："'爱'这个字，从你一个骗子嘴里说出来，就是一个笑话！"

那一刻，我羞愧难当，比羞愧更甚的是心灰意冷。是呀，我有什么资格谈论爱与不爱，我害死的人已经到了阴界，我有什么资格重返人界。念头至此，我把椅子上的背包拿起来，递给陆紫缨的爸爸，对他说道："这里面是七十万欧元，算是我给两位的赔偿金。"

七十万欧元不是个小数目，茶馆里顿时安静下来。晏河妈妈和陆紫缨爸爸对望了一眼，似乎被这个赔偿数目打蒙了。突然，门口蹿进来两个家伙，正是黑瘦子和白胖子。白胖子有些着急，冲着我小声说道："你把钱都给了这俩老鬼，一会儿到了三界司就只能听之任之了。"

我长叹一声："罢了，罢了，我认命了。"

于是，黑瘦子和白胖子便把我带到了三界司。

主持人拍完惊堂木，朗声说道："请各位肃静，请各位肃静，现在有请三位判官入场。"

舞池边上一条走道的门被推开，一位身着黑色制服的小伙子引领着三个穿黑色长袍的人走进来。走在最前面的半秃老头是铁拐李，我在梦里见过他，他的相貌跟我梦中一模一样，朝天鼻的鼻毛像两撮旺盛的野草。走在中间的老者，病恹恹的虚弱无力，脸上的皱纹刀削般地深刻，三绺灰白须髯打理得整齐又干净，一看就是一个讲究生活品质的老人。这位老人应该是传说中的阴界判官魏徵，当年曾经辅佐唐太宗，奠定了贞观之治盛世。走在最后面的女生想必是人界判官白小格，她的脸被铁拐李和魏徵一起一伏地遮挡着，等她落座后才看清楚，果然是我曾经的雇员白小格。

三界判官落座后，主持人宣布庭审开始，首先由监察司宣读我的一生功过是非。戴眼镜的老头站起身来，翻开一沓卷宗，宣读起来。这一读便读了两个多钟头，把我从三岁到当下的极端品行和作为详细讲述一遍，有些事情不经老头提示，我都快忘了。监察司的老头咳嗽着坐下，四周响起一片倒彩，倒彩声很快转换成口号声，口号越来越整齐，越来越清晰："余经纬，滚出去！余经纬，滚出去！余经纬，滚出去……"

十三

主持人再次敲响惊堂木，制止住众鬼喧哗，并适时口播一段朝朝暮暮地产公司新开阴宅楼盘的广告。这时，铁拐李开口讲话了，他跟我梦中的口音也是一样的，重庆辣子鸡味儿："去年年终例会上，咱们三界达成一致，广告要放在庭审之后播放，这还没有坚持半年，怎么又在庭审中插播广告，难道咱们的会议决议就是一个屁，放完就完了？"

一个浓重的山西鼻音响起，我循着鼻音仔细听过去，发现是魏徵的嘴巴在动。魏徵捋了一把胡须，说道："天界在广告收入的分账占比只有7%，所以你们屡屡抵触三界司接广告，上回庭审插播七段纯净水的广告，贵界值日判官曹国舅一声不吭，因为阴界的纯净水行业是你们天界独资经营的。"

魏徵端起玻璃杯，喝了一口水，继续说道："这蓬莱牌纯净水口感确实不错，但我们阴界也不是离了它不能活，做事做人做生意都要合情合理合法律。近百年来，天界横征暴敛，吃相真是越来越难看了。"

铁拐李一拍案几，把旁边的白小格吓了一大跳。全场都以为铁拐李要对魏徵的批驳进行反击，谁知道他对一旁的白小格说："白判官，你觉得魏判官说得在理吗？"

白小格的脸色一阵红一阵白，嗫嚅道："人界一直以来都属于阴界和天界的从属地位，两位神仙打架，我们人类连瞧热闹的资格都没有，哪里……哪里还有资格评判是非。"

小格的话术挺有水平，两边都不得罪。当年在广州做局的时候，只觉得这个小姑娘聪明伶俐，不承想她还暗中承担了这么重要的角色：人界判官。

魏徵叹道："你们人类呀，一是怕死，不敢得罪阴界；二是怕惩罚，不敢得罪天界。让你们人类进入三界司参政议政行政，真不如让猪来。"

白小格神情越发难堪，她辩解道："我们作为人类，就是服务好阴界和天界，如果让我们承担得太多，我们也没有这个能力呀。"

魏徵气哼哼地说："服务好阴界？你们别祸害阴界，我们就算是烧高香了，这些年来，如果不是你们人类把有毒的有害的污水往地下排放，我们怎么会从天界购买纯净水？"

眼看着三位判官争吵不休，主持人赶忙打圆场，说道："政见不合可以协商，咱们的庭审还得往下进行，现在是证人陈述时间，有请晏如许女士上庭。"

走道门打开，晏河的妈妈走了进来，原来晏河妈妈叫晏如许。晏如许走到陪审团前面，瞅了一眼对面的我，眼神里的仇恨不见了。天呐！刚才在茶馆里，这个女人愤恨的眼神能够杀死我。此刻，她眼里不仅没有了仇恨，甚至还多了几分母性的慈爱，与茶馆里的女老板判若两人。难道是她原谅我了吗？"有钱能使鬼推磨"看来不是一句比喻，而是至理箴言。

我竖起耳朵，仔细听晏如许女士的陈述。她首先认定我是个骗子，但是，也认可我是个有底线的骗子，是个知道忏悔的骗子，是个有自我救赎能力的骗子。然后，她又列举了我在玉海高原修庙建桥，救下雪灾中遇难的灾民。还说我是间接害了两条人命，但是我直接救了二三十人的生命。最后，晏如许呼吁陪审团裁决我去天界。

接下来，是陆紫缨的爸爸出庭陈述，他与晏河妈妈的观点一致。陆父甚至哽咽着说，如果我还活在人世间，他希望我可以娶他的女儿陆紫缨为妻。说得我热泪盈眶，一时间，又让我的心中升腾起对陆紫缨的无限眷恋。

十四

还在我活着的时候，我就知道自己死后会下地狱。在我死后，黑白无常也觉得我该下地狱。包括刚才在茶馆里，所有黑白无常都说我该下地狱。可转瞬间，两位因我而死的证人却呼吁陪审团，要送我去天界。我活着的时候，觉得那个世界够荒唐了，可死后的境遇怎么比活着还荒谬。

主持人及时制止住庭审现场哗然，他继续有条不紊地往前推进庭审程序。接下来，主持人宣布，由三位判官进行裁道表决。主持人潇洒地一挥手，示意三位判官开始表决。然而，三位判官谁都不说话，只用手势和眼神交流，就像三个哑巴在表演。相较于刚才三位判官唇枪舌剑的争吵，此刻浑像是换成哑剧时空。三位判官比比画画、挤眉弄眼半天，我才从他们的手势、眼神和肢体语言里看明白，他们是在相互谦让，让对方先行裁道表决。每个人谦让对方的时候，就会撇下一个人，只能谦让完一位再去谦让另一位。三位判官往复循环，总有一位被遗漏，这才是这场漫长谦让的症结所在。此刻，看台上的众鬼纷纷起身，伸着懒腰去方便，他们大概已经习惯了这个环节。独特的谦让程序持续了有一刻钟，主持人趁机又口播了一条"蓬莱"纯净水的广告。

我身后的黑瘦子小声讥讽道："天阴人的顺序已经有一千七百多年了，一个个还装模作样推来让去，你们烦不烦啊。"

白胖子小声回道："该有的礼数还是要有，礼贤下士时，众鬼撒尿去。"

果然，铁拐李清了清嗓子，说道："自古以来，杀人越货、结党行骗、奸淫掳掠之徒，无论起因如何，统统都会下地狱！所以，我裁余经纬下地狱。"

紧接着，魏徵捋了捋灰白须髯，说道："有道是，浪子回头金不换。又有道是，放下屠刀，立地成佛。所以，我裁余经纬上天界。"

前面两位业界大佬，一人让我下地狱，一人让我上天界，不知道小格会如何表决，我都替她觉得为难。我和小格曾经共过事，虽说我欺骗了她，可我没有亏待她，发给她的薪水远比承诺过的多。因

336

此，无论小格裁我上天界，还是裁我下地狱，都有可能。此刻，我能够做的就是不期待，只接受。

最后，轮到小格表决。小格整理一下黑袍，说道："我认识余经纬，他的确是个骗子，但他不是十恶不赦的骗子，铁判官和魏判官所持己见是天壤之别，倒不如我来中和一下，趁着七日未过，何不让余经纬还阳继续做人。所以，我裁余经纬回人界。"

小格此言一出，铁拐李和魏徵同声反对。

铁拐李说："作恶之徒，不遭惩处，还要返回人界重新做人，如何警示后人？"

魏徵针锋相对道："出手于危难，救人于冰雪，此等宅心仁厚者，若不能善待载誉，如何示范天下？"

白胖子大概有些拎不清，自言自语道："八百年来，第一回遇到这么大的分歧……"

黑瘦子看了我一眼，说道："真是出乎我的意料，看不出来你小子有这么复杂。"

主持人再次止住乱局，把庭审推进到下一个环节，由陪审团进行裁道表决。陪审团分三排落座，主持人话音一落，三排人立刻分成三拨，嘀嘀咕咕咬起了耳朵。对此，我疑惑不解，侧回头去看了一眼白胖子。

白胖子解释道："陪审团由天阴人三界组成，一界七人，依照惯例还是三三三的局面，陪审团全都是按照天阴人的判官行裁的，没有任何悬念，陪审团就是一个伪概念。"

黑瘦子又"嘘"停了白胖子，用嘴巴努了努我，说道："他没有付费，你说那么多干吗？"

陪审团的裁道表决很快出来了，果然如白胖子所言，天界、阴界、人界各为七票。主持人宣读完陪审团的表决票数，庭审现场再次哗然。白胖子说，他上次遇到这种庭审情形是对曾国藩，当时天阴人三界各持己见，争论了七天也没有结果。我问白胖子，曾国藩最后去了哪里？白胖子瞅了一眼黑瘦子，伸出手来问我要钱。我口袋里只剩下一张百元纸币，我犹豫了一下，最终又把一百块钱揣回兜里。曾国藩最终去了哪儿，于我的参考价值不大，他是一朝重臣，而我只是一个骗子。

主持人随后宣布休庭，称一炷香后将重新做裁决。我随着黑瘦子和白胖子走进过道，在大堂上随意溜达，他们俩分头跟熟人打招呼、咬耳朵去了。我觉得有些累了，便倚靠在一块石碑上歇息。突然，一只手搭在我的肩上，我回头一看，居然是坐在鉴证司座位上的美妇。

美妇悄声问道："恭喜你，你创造了历史，开心吗？"

我说："我真的有……这么重要吗？"

美妇嫣然一笑，轻启朱唇，说道："别臭美了，你知道魏判官为什么裁决你去天界吗？"

我说我也想知道。

美妇说："我们是担心你来行骗，把阴界搞乱套，所以，魏判官裁决你去天界。"

我问道："那铁判官执意让我下地狱，也是怕我去天界行骗吗？"

美妇点点头："现在知道你有多招人厌恶了吧。"

我接着问道："那我究竟会去哪里，有劳姐姐给我指条明道。"

美妇左右看了一眼，说道："我可以帮你，但你也要有回报。"

我问道："姐姐需要什么回报？"

美妇说："我日后会托梦给你，你照着去做就好了。休庭时，天界会跟阴界达成一致，一致的结果很明显，那就是打发你去人界。"

我有些兴奋起来："重新做回余经纬？"

美妇说："你想都不要想了，你的肉身已经火化。但是，会给你三个选择，其中一个选择是投胎男子身历劫，但我会私下运作帮你选一个非富即贵的好人家，你记得选择投胎男子身就可以了。"

说罢，美妇踩着一字猫步走回通道。

一炷香后，庭审重又开始，一切如美妇所言，铁拐李和魏徵都投了我去人界的票。主持人宣布庭审最后一个环节，让我在三个牌位里做选择：牌位一，投胎男子身，历尽百千劫；牌位二，化作崂山松，经受风雨雪；牌位三，再回巴林寺，忝做看门狗。

待我醒来时，我正跟其他六条黄色小狗崽子趴在阿黄身上吃奶。

然后，我便听到了陆紫缨的声音，她对堪布

说:"昨天晚上看到六个狗宝宝,今天早晨又多出一个黑毛的狗宝宝,我想把后来的黑狗宝宝抱走,做个伴儿。"

我停下吃奶抬起头,瞅了一眼碧蓝的天空,伸了一个悠长的懒腰。

喔喔……我好想做这世间一条狗啊!

2022 年 5 月 26 日

广州番禺万科金色城品